Toni Lauerer – „Hauptsach', es schmeckt!“

Toni Lauerer

# „Hauptsach', es schmeckt!"

BUCHVERLAG

Deutsche Bibliothek – CIP Einheitsaufnahme

Lauerer, Toni
Hauptsach', es schmeckt! : Das Neueste von Toni Lauerer / Toni Lauerer.-
Regensburg: MZ-Buchverlag GmbH, 2002
ISBN 3-934863-08-6

3. Auflage 2003

www.mz-buchverlag.de
Umschlagfoto: Foto Wagner, Furth i.W.

# Inhalt

Vorwort ... 9
Der erste Feuerwehreinsatz ... 10
Coole Zeiten ... 14
Männer ham koa Gfühl ... 17
Der Frühlingsspaziergang ... 20
Renovierung ... 23
Rote Nase ... 23
Recycling ... 23
Schneeräumen ... 23
Schulabschluss ... 24
Der Schumi-Sieg ... 24
Pilzliebhaber ... 24
Skifahrer-Outfit ... 24
Sportlich ... 25
Nix für mi ... 25
I bin koa Softie ... 25
Solar ... 25
Der Spargel ... 26
Aso a Freid ... 26
Am Stammtisch ... 26
T-Aktie ... 27
Verwechslungsgefahr ... 27
Weihnachtstränen ... 27
Wespenstich ... 27
Sommerzeit ... 28
Wirtshauskultur ... 28
Massenauflauf ... 28

Neue Währung ........ 28
Am Stammtisch ........ 29
Frühsport ........ 29
Nikolaus ........ 29
Oma's Herzenswunsch ........ 30
Osterweiterung ........ 30
Kopfwäsche ........ 30
Heilkräuterboom ........ 30
Leichtathletik ........ 31
Biologisches Wunder ........ 31
Das starke Geschlecht ........ 31
Tour de France ........ 32
Genmanipulation ........ 32
Geschenkekauf ........ 33
Der Gewinn ........ 33
Halloween ........ 33
Moderne Zeiten ........ 34
Der Appetit ........ 34
Erster Schultag ........ 34
Glückspilz ........ 35
Karrierevoraussetzungen ........ 35
Implantate ........ 35
Emanzipation im Biergarten? ........ 35
Der Sommer ........ 36
Drachensteigen ........ 36
Der 3. Mann ........ 36
Osterschmerzen ........ 36
Erderwärmung ........ 37
Lesefreuden ........ 37
Am Stammtisch ........ 37

Cabrio-Festzelt ........ 37
Frauenfußball ........ 38
Partygeflüster ........ 38
Einmalig ........ 39
Backwahn ........ 39
Vorurteil ........ 39
In der Fremde ........ 40
Große Ferien ........ 40
Die Terrassenmöbel ........ 41
Die Hochzeitseinladung ........ 43
Die Bestellung ........ 47
Ich nähme die Wahl an ........ 51
Autokauf ........ 57
Der Glückwunsch ........ 62
Der erste Schultag ........ 64
A Mo wird 50 ........ 68
Heißhunger ........ 70
Freibad ........ 70
Berchinger Rossmarkt ........ 70
D'D-Mark is weg ........ 70
Faschingsmuffel ........ 70
Unser Fast-Tag ........ 71
Festplatte ........ 71
Verwechslung ........ 71
5 Pfund ........ 71
Im Gartencenter ........ 72
Schneckenkorn ........ 72
Kaltes Frühjahr ........ 72
Handystrahlen ........ 72
Harry Potter ........ 73

Heimspiel ........ 73
Klobrille ........ 73
Erfinder ........ 74
Kultur ........ 74
2. 2. 2002 ........ 74
Katastrophe aus dem All ........ 75
Mischvolk ........ 75
Moderne Zeiten ........ 75
Relativ ........ 75
Unfair ........ 76
Weiberfasching ........ 76
Das Autogramm ........ 76
Zecken und Kinder ........ 77
Vatertag ........ 78
Fragen an das Dr.-Winter-Team ........ 81
Die Gemeinderatssitzung ........ 85
Der Mann vom Paketdienst ........ 93
München–Landshut ........ 98
Stammtischweihnacht ........ 106
Im Biergarten ........ 115
Elternsprechtag ........ 120
Im Vier-Sterne-Restaurant ........ 124
Die historische Sitzung ........ 132
Krass ........ 140
Hauptsach', es schmeckt! ........ 144
Tatoo-Tata ........ 150
Urlaub in Bayern ........ 154
Das Sportinterview ........ 159
Fettnäpfchen ........ 163

# Vorwort

Liebe Leserinnen und Leser,

man möchts kaum glauben, aber es ist so weit: Vor Ihnen liegt mein drittes Buch!

Ich habe in den letzten eineinhalb Jahren meine Augen wieder weit aufgemacht, meine Ohren und meinen Bleistift gespitzt und versucht, das Erlebte und Erlauschte in humorvolle Geschichten zu verpacken. Ich hoffe, Sie können über vieles davon schmunzeln oder sogar lachen.

Sollten Sie in diesem Buch eine politische Botschaft oder gar bissige Gesellschaftskritik suchen, dann muss ich Sie leider enttäuschen. Weder das eine noch das andere ist meine Absicht. Ich möchte nur die kleinen, manchmal auch die größeren Peinlichkeiten des Alltags, die uns allen widerfahren, auf lustige Weise und möglichst in bayerisch erzählen. Wenn mir das gelungen sein sollte, würde ich mich sehr freuen.

Sollte sich jemand von Ihnen in der einen oder anderen Geschichte wiedererkennen, dann ist das höchstwahrscheinlich reiner Zufall. Vorsichtshalber entschuldige ich mich aber schon jetzt pauschal bei allen, die meinen, sie könnten gemeint sein. Gleichzeitig herzlichen Dank für die vielen Anregungen!

So, nun will ich Sie aber nicht länger auf der ersten Seite aufhalten und wünsche Ihnen viel Spaß beim Lesen!

Herzlichst
Ihr

# Der erste Feuerwehreinsatz

Mei Freind, da Erwin, der is bei da Freiwilligen Feuerwehr. Er hod gsagt zu mir: „Toni, geh holt aa zu da Feierwehr, dann samma alle zwoa dabei!“
„Erwin“, hob i gsagt, „schau mein Terminkalender o! I hob koa Zeit für so Sachen.“
Owa da Erwin hod gsagt, dass bei da Feierwehr zwischendurch so Fahnenweihen san. Und do san dann allaweil so Festdamen dabei. De san dodal jung. Und aaf so mittlere Manner, wia i oana bin und da Erwin aa, do san de ganz wild. Da Erwin hod gsagt, denen wennst in da Bar wos zohlst, des dauert gor ned lang, dann san de willenlos. De mochan genau des, wos du sagst. Do bist du in dem Moment da dodale King.
„Ja, wenn des aso is“, hob i gsagt. „Man solltse eigentlich viel mehr für d'Allgemeinheit engagieren! I geh aa zu da Feierwehr!“
Kaam wor i vier Wochen dabei, wor scho a Fahnenweih. Da Kommandant hod gsagt, a jeder, der wos mitfohrt aaf d'Fahnenweih, kriagt zwoa Freimaß und a holberts Gockerl. Vo de Jungfrauen hod er nix gsagt, da Schlawiner, owa i hob ja scho gwisst, wos da lafft, weil mir da Erwin scho Bescheid gsagt hod. I hob mi scho gfreit und hob extra a Parfüm drogspritzt an mei Uniform.

Es wor a hoaßer Dog, und i hob mir vorsichtshalber im Festzelt glei zwoa Maß bstellt, dass i de schwaarn Freimarken ned dauernd umanandatrogn muaß. Dann hob i mei Gockerl gessn, weil i mir denkt hob, wenn i eh scho schwitz, dann is des Gockerl aa wurscht. Noch dem Gockerl hob i no a Maß trunka, und dann wor da Festumzug. I als Neuling hob des Taferl trogn derfa, do wo da Nam vo da Feierwehr obnsteht. Des is fei a Ehre! Noch dem Umzug samma wieder ins Festzelt eine, und i hob glei no a Maß trunka, weil's dermaßen hoaß war, und dann hob i a Zigarrn graucht. Sie hod owa ned bsonders gschmeckt und

drum hob i mir dann zwoa Lachssemmeln kafft, dass i an andern Gschmoch ins Maul einekriag. Noch de zwoa Lachssemmeln wars holwe fünfe, und i hob mir denk: „Jetza waar a Festjungfrau recht!"
Oane hod grod momentan aso hergschaut, drum bin i hi zu ihr und hob gsagt: „Hä, gemma in d'Bar, all zwoa?"
Sie is sofort mitganga, und i hob mir denkt: „Mei liawa, des wird a Gaude werdn, wenn de willenlos wird!"
I hobs gfragt, wos sie trinka will, Wodka-Bitter-Lemon oder eventunell an Whisky-Cola. Sie wollt a Apfelschorle. No ja, vo mir aus! Obwohl i scho meine Zweifel ghod hob, ob de do willenlos wird. Des hob i bei Apfelschorle no nie ghört. Sie hod dann drei Apfelschorle trunka und i sechs Rüscherln und dann, um sieme, wars soweit: I war dodal willenlos und sie war weg.

I hob zohlt, dann is mir no da Geldbeidl owegfolln und dann samma hoamgfohrn. Mit unserm TLF, des bedeit Tanklöschfahrzeug und is a Feierwehrauto!
De Streck hoamzua wor recht kurvig, i bin hintn dringsessn neben dem Atemschutz, und mir is ziemlich zügig schlecht worn. I wills jetza gor ned näher beschreibn, wos mir dann passiert is, owa der, der beim nächsten Einsatz de Atemschutzmaske aafsitzn muaß, der möcht i ned sa.

Owa bei da Feierwehr, da gibt's natürlich ned bloß Fahnenweihen und Feste, sondern aa ernste Einsätze: Groß-, Mittel- und Kleinbrände, Ölspuren, Wessnnester, Katzen vom Baam owaholn und Fehlalarm.

I hob mi de ganze Zeit aaf mein ersten Einsatz gfreit, owa i hob ums Verrecka de Sirene ned ghört. I waar bald narrisch wordn. Meine Kameraden, de san dauernd ausgruckt und i? I lieg im Bett und lus und lus und hör de Sirene ned!
„Toni", hams gsagt zu mir, „wos is denn los mit dir? Worum hörst denn du de Sirene ned? Moch amol an Check beim HNO-Arzt!"

I hob dann vor lauter Verzweiflung tatsächlich an Hörtest beim Doktor gmocht. Den Test hob i einwandfrei bestanden. „Herr Lauerer, Sie hören alles!“, hod da Doktor festgstellt. „Is ja ned wohr!“, hob i gsagt, „d'Sirene hör i ned!“
I wor dermaßen deprimiert, direkt scho niedergeschlagen. Und dann, amol, nochana Feierwehrübung, hammand mi meine Kameraden aafklärt: De san still alarmiert wordn! Ohne Sirene! Mit an Piepser! Des is a kloans viereckerts Gerät und des liegt am Nachtkastl. Und wenn wos is, mochts „piepiepiep“, und dann hauns ab zum Einsatz.
Schau dir de Hammeln o! Ham de an Piepser und i lus und lus. Do hätt' i no lang lusn kinna.
I wollt natürlich aa sofort an Piepser. Owa d'Feierwehr hod kein Geld ghod und d'Gemeinde no wenger.
Des war mir aa wurscht, weil, wenn i an Piepser will, dann will i oan. I hob mir selber oan kafft, 400 Euro plus MwSt., zzgl. Verpckg. abzgl. 2% Skonto. A stolzer Preis, owa ein Super-Piepser. Aa optisch einwandfrei. Sogor original olivfarben!
Und dann hob i mein Piepser aaf's Nachtkastl glegt und hob gwort. De erste Nacht: Nix!
Jamei, es konn ned ununterbrochen brenna, des is logisch. Es muaß aa amol a Nacht gebn ohne Brand.
In da zwoatn Nacht wor aa nix, owa scho glei gor nix. I hob zu meiner Frau gsagt: „Mei liawa! Do moine kimmt wos größers! Zwoa Nächte nix, des is verdächtig!“

In da dritten Nacht, i lieg wia immer wach und lus, um viere in da Friah: „Piepiepiep!“
Oläck! Einsatz! Ernstfall! Jetza is jede Sekunden wertvoll! Die Kameraden brauchen mich! Eventuell a Brand. Oder a Ölspur. Oder vielleicht sogor a Wessnnest! Aussa vom Bett, eine ins Bad. Sofort hob i bieselt. Dann schnell d'Zähn putzt, rasiert und kamplt. Durscht hob i aa, schnell an Schluck Wosser trinka – ja pfui Deifl, wia schmeckt denn des Wosser?! I hobs meiner Tochter scho hundertmol gsagt: Stell dei Zahnspanga ned allaweil neba mei Waschbecken!

Jetza raus aus dem Bad, owe in d'Diele! Vom Bett winselt mei Wei irgendwos aussa. Nix do! Des ganze Jahr magst ned, heit konn i ned! Im Ernstfall is d'Erotik tabu.
Owe über d'Treppn, ausgrutscht, in d'Wohnzimmertür dro. Gottseidank is aus Holz, weil a gläserne waar hi gwen. Aussa vom Haus, eine ins Auto. Nicht eine ins Auto, weil i drin mein Autoschlüssel vergessn hob. Eine ins Haus, den Autoschlüssel gholt, eine ins Auto und ab zum Feierwehrhaus!

Um holbe fünfe war i durt, als allererster! Do wird da Kommandant schaun, wenn i da allererste bin! Hähä! Grengt hods wia d'Sau. Um fünfe wor i allaweil no da erste. Und da Oanzige! Um holbe sechse hob i grod de achte Zigrettn graucht und hob mir denkt: „Do stimmt wos ned!"

I bin dann wieder hoam, und mei Wei is scho vor da Haustür gstandn.
„Sog amol, spinnst du?", hods gsagt. „Worum bist denn du so schnell davo? Mir miaßma doch erst um sechse fohrn!"
„Sechse? Fohrn? Wos?"
„No, i hob doch extra 'n Wecker aaf viere gstellt, weil's Deandl heit in's Schullandheim fohrt!"
Des wor da Wecker, ned mei Piepser!
Owa i wor da allererste, des is doch aa wos wert, oder?

# Coole Zeiten

*Er:* Do schau amol in des Schaufenster eine, Hildegard! Schau dir des o! Des is doch nicht zum glaum!
*Sie:* Worum? Des is doch koa schlechts Gwanda.
*Er:* Ach, i moan doch ned des Gwanda! I moan de Sprache. Les' amol, wos aaf dem Plakat obnsteht: „Fun-T-Shirts für coole kids!“ Kein deitsches Wort dabei! In an bayerischen Schaufenster! Ja, wo lebma mir denn? Kein deitsches Wort!
*Sie:* Doch, „für“ is doch deitsch!
*Er:* „Für“ scho, owa aaf des kimmts aa scho nimmer draaf o. Aaf „für“ is gschissn, wenn alles andere englisch is. Des muaß doch ned sa, oder?
*Sie:* Mei, wos willst mocha? Des is de heitige Zeit. I wissert momentan gor ned, wos T-Shirt aaf deitsch hoißt. I glaub, des hoißt aaf deitsch aa T-Shirt. A T-Shirt is a T-Shirt, do hilft alles nix.
*Er:* Noja, i woaß ned. Recht deitsch klingt fei des ned. Wenn mei Großvoda jetza wieder lebendig werdn daadert und du daadst zu eam sogn „T-Shirt“, der wissert ned, wos des is. Und mei Großvoda, des wor a olter Deitscher, des sog i dir! Durch und durch!
*Sie:* Also oans sog i dir scho: Wenn dei Großvoda plötzlich wieder lebendig werdn daadert, dann woaß i zwar ned, wos i zu eam sogn daad, owa „T-Shirt“ gwiss ned! Stell dir vor, der stand' von den Toten aaf und i daad als ersts zu eam sogn „T-Shirt“. Der moanert doch, i spinn dodal!
*Er:* Des is scho klar. Des wor doch bloß a Beispiel. Du brauchst ja zu mein Großvoda sowieso nix sogn, weil der is vor 40 Johrn gstorbn und aus. Der kimmt nimmer. I moan ja bloß, dass „T-Shirt“ koa deitschs Wort is. Und „coole kids“ und „fun“ aa ned. Des kanntma doch wenigstens aaf deitsch schreim.
*Sie:* So einfach is des aa wieder ned, Alis. Überleg amol: Cool is einfach cool. Do gibt's nix deitschs dafür. Und fun is fun. In da heitigen Zeit, do hammand de junge Leit einfach fun.

*Er:* Frale! Fun! Mir hamma Blodern an de Händ' ghod vor lauter Orwat und de hammand fun.
*Sie:* Alis, des hilft doch nix! Du muaßt einfach heitzudogs sogn „Fun-T-Shirts für coole kids". Du konnst doch ned sogn „Spaß-Hemden für kalte Kinder". Des hörtse doch unmöglich o!
*Er:* Des stimmt! Guat hörste des ned o. Owa trotzdem: Alles muaß ned englisch sa. Do! Schau amol do unten rechts in dem Reisebüro-Schaufenster! Schau amol, wos do steht: „Buy and fly! Last-minute-tickets für action-freaks!" Do hauts dir doch'n Vogl aussa! Früher hodma gsagt „nascher Deifl", heitzudogs is a „action-freak". Oder do: „Single-flirt-hotline". Kein deitsches Wort! Do kanntma doch genauso guat sogn „Telefon für Übergebliebene".
*Sie:* Alis, de ganze Schimpferei hilft doch nix. Des werma mir zwoa ned ändern. Und außerdem: Glaubst du, dass do oana oruafa daad, wenn des „Telefon für Übergebliebene" hoaßn daad? Des klingt einfach besser aaf englisch. Und außerdem is Englisch in!
*Er:* Jetza fangst du aa no o! Sog doch ned „in"! „Modern" hoaßt des aaf deitsch!
*Sie:* Owa modern is out!
*Er:* Hör aaf, des mocht mi no ganz krank! I hob scho direkt Kopfweh!
*Sie:* Des is owa gor ned cool, wennst du Kopfweh host. Geh lieber zum Doc und moch an Check-up. Ned dass du zum Schluss an Burn-out host. Derweil konn i in Dessous-Shop geh und an Push-up kaffa. Weil aso a cools Outfit is guat für mei feeling.
*Er:* Wahnsinn! Wahnsinn! Wennma des aso bedenkt: Es gibt fast koa deitschs Wort mehr. Geschweige denn a bayerischs! Unser Sprache stirbt aus, furchtbar!
*Sie:* Noja, jetza übertreibs ned! A poor deitsche Wörter gibt's scho no!
*Er:* Owa ned vül! *Spricht einen Passanten an:* Oder, Herr Nachbar, wos sogn do Sie? De deitsche Sprach stirbt langsam aus. Und unser Dialekt aa. Do schauns hi: „Park and ride." Do kanntma doch „Parken und reiten" aa schreibn, oder?

*Mann: In brutalstem sächsischen Dialekt:* Nü, dö hömmse röcht, meen Gutster! Ich finde es ooch äußerst schadee, dass die ganzen scheenen Dialekte ausstärben. Dialekt is doch was wünderscheenes, oder nüch? Um jäädn Dialekt isses jammerschadee!
*Er:* Noja, i daad sogn, um jedn aa wieder ned. Wiederschaun!
*Sachse geht.* Mei liawa, es gibt scho allerhand aaf dera Wölt! Du, Hildegard, jetza hungert mi! Essma ebba ebbs?
*Sie:* Ja Alis, des is koa schlechte Idee. A Schweinsbratn mit Knödel und Kraut, aaf des hob i grod an richtigen Appetit! Du aa?
*Er:* I glaub, i pack an McChicken oder an Cheeseburger. Und danoch an Donut!
*Sie:* Mahlzeit!

# Männer ham koa Gfühl

*Sie:* Mmhh! Aso a frische Semmel mit an Buda und an Honig zum Frühstück, des is einfach wos köstlichs! Und Alis, wia war's gestern abend beim Schafkopf?
*Er:* —
*Sie:* Aaaliis!!
*Er:* Ah ... ja ... ah, wos is denn?
*Sie:* Dua holt amol bitte de Zeitung weg! Des is ned guat für de Verdauung, wennma beim Essen Zeitung lest!
*Er:* Des hob i no nie ghört. Und glaubn duae's aa ned, weil es is ja aa ned schlecht für d'Augn, wennma beim Lesen isst. Owa wennst moanst, nacha dua i holt mei Zeitung weg.
*Sie:* Des moan i aa. Und? Wia wars?
*Er:* Wia war wos?
*Sie:* Beim Schafkopf! I hob di doch gfragt, wia's gestern abend beim Schafkopfen war!
*Er:* Mei, wia solls scho gwen sa? Wia's holt aso is. Plus dreißig, daad i sogn.
*Sie:* Plus 30? 30 Euro host du gwunga?
*Er:* Naa, naa! Gwunga hob i vül wenga. Praktisch nix. Eigentlich hob i sogor 25 Euro verlorn.
*Sie:* Ja, worum sagst nacha plus 30?
*Er:* Im Wirtshaus hod's 30 Grod ghod, weil d'Heizung an Defekt ghod hod. Mir hamma kaam sovül trinka kinna, wiama gschwitzt hamma. Da Wirt is bloß no grennt, aso hod uns dürscht!
*Sie:* Omei, eich dürscht doch allaweil. Ob's hoaß is oder ned.
*Er:* Owa wenns hoaß is, dürscht uns extrem!
*Sie:* Ja, is scho recht. Du, hod jetza dem Erwin sei Frau scho entbunden?
*Er:* Wos für a Erwin?
*Sie:* Wos für a Erwin! Der Erwin, der wos seit 15 Johr jeden Dienstag mit dir Kortn spielt!

*Er:* Ach *der* Erwin! Mei, des kannt i dir momentan ned sogn, ob de scho entbunden hod. Wenn i ganz ehrlich bin: I hob ned amol gwisst, dass de schwanger is.
*Sie:* Ja sog amol, des muaßt doch du wissen. Ihr treffts doch den Erwin jede Wocha im Wirtshaus!
*Er:* Eam scho, owa sei Wei hod er nie dabei. Wenn er's dabei hätt', dann hättma's eventuell gseng, dass de schwanger is.
*Sie:* Dabei hoda's natürlich ned. A schwangere Frau geht doch ned in aso a verräucherte Bude eine. Owa habts denn ihr ned drüber gred? Über wos reds denn ihr beim Kortnspieln?
*Er:* Über Schwangerschaften aaf jeden Fall ned.
*Sie:* Sowos teilnahmsloses! Woaßt wenigstens, wia de USA-Rundreise vom Stefan und seiner Frau war?
*Er:* Naa. Do hod er nix gsagt, wia de war. I woaß bloß, dass aus is, de Rundreise, weil er wieder do is, da Stefan.
*Sie:* Mensch Meier, do fragtma doch noch, wia de Reise war! So eine Reise mochtma doch bloß oamol im Leben! Vier Wochen USA! Do muaßma doch im Freundeskreis drüber redn!
*Er:* Gred' hamma scho drüber. Owa vorher, ned nochher. Weil da Stefan hod gsagt, er kimmt jetza vier Wochen ned, weil er aaf Amerika fohrt bzw. fliagt. Und er schickt uns sein Schwager, hod er gsagt, weil des kein schlechter Schafkopfer is. Er hod gsagt, er is praktisch gleichwertig. Und des is wichtig, weil es gibt aa minderwertige Schafkopferer.
*Sie:* Und des wars dann? Mehr habts ihr ned gred über de Reise?
*Er:* Naa, mehr ned. Des glangt doch. Hauptsach, mir hamma an viertn Mann ghod. Und da Stefan hod fei recht ghod. Der Schwager is ein grundsolider Schafkopferer!
*Sie:* Also, es gibt einfach nix gefühlloseres als an Mo! Ihr wollts guate Freind sa? Dass i ned loch! Ihr spielts seit 15 Johrn mitanand Kortn und privat wißts überhaupt nix voneinander. Des is fei traurig. Traurig is des!
*Er:* Ja, wos glaubst denn du, wosma mir san? Mir samma a Schofkopfrundn und koa Diskutierverein! Wennma über jeden privaten Kaas redn daadn, dann kammadma mir nie zum Kortnspieln!

*Sie:* Privaten Kaas! Gefühllose Gloifeln seids, alle mitananda! Ihr seids dermaßen abgstumpft, i glaub, ihr daads ned amol merka, wenn eich d'Frau am Dienstag mitten in da Nacht mit an andern davo daad! So vertieft seids ihr in eiern Schafkopf!
*Er:* Des kimmt draaf o!
*Sie:* Wos kimmt draaf o?
*Er:* Obma mir des merka daadn.
*Sie:* Aaf wos kimmt dann des draaf o?
*Er:* Wenns mit oan vo uns davo daad, dann daadma's merka, weil uns da vierte Mann faahln daad.

# Der Frühlingsspaziergang

*Sie:* Ahhh! Alis, schmeckst du des aa?
*Er:* Naa, i schmeck nix. Worum? Sollt i wos schmecka?
*Sie:* Eben nicht! Nix, gar nix! Des is ja des. Koa Autoabgas, koa Büromief, nix. Wos glaubst, wia uns zwoa der Spaziergang im Park guat duat!
*Er:* Noja, wer's mog. Schau hi, do kimmt d'Frau Ding mit ihran Köter!
*Sie:* Wer? Ach, die Frau Kreuzpaintner! Grüß Gott, Frau Kreuzpaintner!
*Frau K.:* Grüß Gott mitanand!
*Er:* Griaß Gott, Frau ... ah... Ding! Servus Struppi!
*Frau K.:* Snoopy hoaßta, Herr Spreizer! Snoopy!
*Er:* Ach, Snoopy! Habedieehre, Snoopy! Nono! Jetza hoda mei Händ' ogschleckt, da Kripp ... ah, da Snoopy.
*Frau K.:* Dann mog er Sie! Der schleckt nur Leit ab, de wos er mog! Gell, Snoopy, den Herrn Spreizer, den magst?

*Der Hund schweigt.*

*Er:* Sagta nix!
*Frau K.:* Naa, do kinnans davo ausgeh, dass er Sie mog. A Tier is immer ehrlich. Gell Snoopy!
*Er:* Is scho recht, Frau ... ah ... Ding! Zum Beispiel, wenn a Hund an Baam mog, an den bieselt er dro. So gseng, hob i no Glück ghod! Haha!
*Sie:* Grod soges zu mein Mo, Frau Kreuzpaintner: De frische Luft is ein direkter Genuss. Aso a Frühlingsspaziergang, der is gsünder als jede Medizin.
*Frau K.:* Naja, Frau Spreizer, wiama's nimmt. Mei Mama mit ihrane 84 Johr konn scho drei Dog fast nimmer schnaufa wega dera Frühlingsluft!
*Er:* Ja, wieso des? Faahlts ihr aaf da Lung? Rauchts recht?

*Frau K:* Also, Herr Spreizer! Mei Mutter hod no nie graucht! Naa, es is wega de Pollen. Des is extrem momentan. Du segst zwar nix, owa wo du hinschaust: lauter Pollen. Mei Mama, de segt ja fast nix mehr, weil sie dermaßen gerötete Augn hod. Es ist zum Derbarma! Des kimmt nur vo de elendigen Pollen.

*Er:* Do hörstas Hildegard! Und du sagst, de Luft is gsund. Oans steht fest: Im Wirtshaus san keine Pollen!

*Sie:* Ach, du immer mit deine komischen Ansichten! Mei, Frau Kreuzpaintner, des is ja direkt tragisch.

*Er:* Mei, wos hoaßt tragisch!? Schau her, da Leitner Paul, der is mit 76 Johrn gstorbn. Der waar froh gwen, wenn er mit 84 no rote Augn ghod hätt'. Des is alles relativ.

*Sie:* Jetza bi amol staad! Ja, und Frau Kreuzpaintner, muaß jetza Eahna orme Frau Mutter de ganze Zeit in da Wohnung verbringa? Bloß wega de Pollen?

*Frau K.*: Mei, songma amol aso: Sie kannt momentan sowieso ned spaziern geh. Unabhängig vo de Pollen. Wega ihran rechtn Fuaß!

*Er:* Wegan rechtn Fuaß? Wos hods nacha doda?

*Frau K.*: Do is ihr im Park, glei do hinten beim Kinderspielplatz, a Inlineskater über de Zeha drübergfohrn.

*Sie:* Ja gibt's des aa! De san ja manchmal wirklich dermaßen rücksichtslos!

*Er:* Und grod über d'Zeha! Wo ja a älterer Mensch vo Haus aus scho dodal porös is! Übrigens, Frau Ding: 'n Kellner Mane hams den linkn Fuaß ognumma wega Zucker. Dem fohrt koana mehr über d'Zeha drüber. Mei Großvoda hods scho allaweil gsagt: „Selten ist ein Schaden ohne Nutzen!" Und recht hod er ghod!

*Sie:* Jetza derfst owa aafhörn mit deine greislichen Gschichtn! Jaja, Frau Kreuzpaintner, de Inlineskater! Sie, i sog's Eahna, de san eine direkte Plage! Und dann, schwupps, sans weg! Gelinde gesagt, eine Schweinerei!

*Frau K.*: Naja, sooo schnell war der ned weg, weilsna gscheit gschmissn hod. Owa do hod mei Mutter aa nix davo, dass der jetza eine Halskrausn trogn muaß. Oder?

*Er:* Do ham Sie vollkommen recht, Frau Ding! Wos hülft des da Muada? Gar nix! Der wenn fünf Halskrausn trogn muaß: Da

Muada ihra Zeha is hi und aus! Du, Hildegard, woaßt wos? Mi kitzelts aa scho a weng in da Nosn. Geh du no a Stückerl mit da Frau Ding, dann kinnts a weng ratschn. Leist ihr a weng Gsellschaft!

*Frau K.*: Genau, Frau Spreizer, leistens mir a bisserl Gsellschaft! Da Snoopy is zwar a ganz a liaba, owa a Konversation mit eam is holt doch relativ einseitig.

*Sie:* Gern, Frau Kreuzpaintner, gemma a Stückerl mitananda. Ja, und du, Alis?

*Er:* I? Ah, i schau derweil ins Bierstüberl ume und kaaf mir a Holbe. Im Park is mir einfach zu ungsund. De ganzen aggressiven Pollen! Und de brutalen Inlineskater!

*Sie:* Ja glaubst du vielleicht, im Wirtshaus is besser? Alles voller Rauch. Und der Lärm! Und der Alkoholdunst in da Luft.

*Er:* Owa Inlineskater kimmt uns koana eine!

## Renovierung

*Er: Liest aus der Zeitung vor:* „Eltern renovieren Schule!“ Des find i guat! De Leit solln ruhig amol a Gebäude renoviern, des wos ’s ganze Johr gedankenlos nutzen!
*Sie:* Wenns noch dem gang, miaßerst du a Brauerei renoviern!

## Rote Nase

I hobs gsagt zum Kare: „Mi regt de Schneizerei und de dauernd tropfade rote Nosn dermaßen aaf!“ Dann hod mir da Kare a Rezept varrotn: Fünf Dog hintereinander vorm Bettgeh eine halbe Flaschn Rum, und da Kaas is gessn. I hobs ausprobiert und – es hod gholfa! Mei Nosn is allaweil no bluatrot und lafft, owa jetza regtsme nimmer aaf.

## Recycling

Do segtmas wieder, dass Werbung a Schmarrn is. Da Erwin hod an Prospekt im Briafkasten gfuna vonana Recycling-Firma. „Kommen Sie zu uns! Wir können aus jeder alten Schachtel etwas machen!“ is draafgstandn. Da Erwin is mit sein Wei higfohrn. Gar nix hammands mocha kinna.

## Schneeräumen

Gestern hods bei uns den ganzn Dog gschniem. Do hodmas wieder gseng: Es is unmöglich!
Do raamand d’Frauen Schnee und d’Manner stengand danebn und schaunt zua. Unglaublich!
Also, so oana bin i ned. Wenn mei Frau Schnee raamt, dann bleib i im Haus drin.

## Schulabschluss

Mensch, wiase de Zeiten ändern! Früher, do hodma zum Schulabschluss a Mofa kriagt oder, wennma scho 18 wor, an gebrauchten VW-Käfer. Und heit? A Bekannter vo uns hod gsagt, wenn's Deandl im Abitur besser is wia 3,0, dann kriagts a neie Nosn. Wenns besser is wia 2,0, dann kriagts an neier Busn. „Und wenn's 1,0 hod?", hob i eam gfragt. „Dann kriagts'n zwoatn Busn aa no!"

## Der Schumi-Sieg

A deitscher Formel 1-Fahrer, der in da Schweiz wohnt, hod in an italienischen Auto mit englische Reifen in Ungarn a Rennen gwunga. Do woaßt überhaupt nimmer, wos du für a Nationalhymne spieln sollst. Jetza braucht dann bloß da Siegerpokal no aus Bleikristall aus Zwiesel sa, dann kinnans „Tief drin im Böhmerwald" spieln.

## Pilzliebhaber

Wenn's Weda zu trucka is, dann wochsnd koi Schwammer.
Wenn's Weda zu feicht is, dann wochsnd koi Erdäpfl.
Owa a Schwammerbriah ohne Reiberdatschi is nix.
Und a Reiberdatschi ohne Schwammerbriah is glei zwoamol nix.
Drum iß i liawa an Schweinshaxn, weil da Sau is's Weda wurscht.

## Skifahrer-Outfit

I hobs gsagt zu meiner Frau: „Do schau hi, de Schifahrer in da heitigen Zeit, de san dermaßen modisch, de ham sogor'n Schianzug passend zur Haarfarbe an!"
Sagt mei Frau: „Des konnst du fei ned mocha! Weil wennma noch deiner Plattn geht, dann miaßerst du nockad owafohrn!"

## Sportlich

I schau mir a jeds Schispringa o. Do hob i dann a Cola, Chips und Geleebananen am Wohnzimmertisch liegn und genieß des sportliche Ereignis. Mei Nachbar, der schaut fei koa Schispringa o. Der geht derweil spaziern, manchmal joggt er sogor. Mei, konn ned a jeder so sportlich sa wia i.

## Nix für mi

Am Ortseingang vo mein Winterurlaubsort in de Alpen is gstandn:
Das alles können Sie bei uns erleben: Fun-Arena, Snow-halfpipe, Special-light-effects, Oldie-Night in Snow-World, Ladies-Night an der Snow-Bar. Und i Depp hob gmoant, do kanntma schifohrn!

## I bin koa Softie

Es gibt Manner, de gebn immer noch, wenn's Wei wos sagt. Softie sagtma do heitzudogs.
I bin do anders, i bin koa Softie ned. Letzte Wocha hamma mir a Auto kafft. I wollt a rots und sie wollt a weiß.
Okay, mir hamma dann a weiß gnumma.
Aber: Gestern in da Metzgerei hob i a Pfund Leberkaas kafft. Und zwar an weißn, obwohl i ganz genau woaß, dass sie an rotn liawa mog. Do hods gschaut! Jetza samma wieder quitt!

## Solar

Jetza is mir klar, worum der Solarstrom Solarstrom hoaßt. I hob nämlich gestern d'Rechnung für mei Solaranlag kriagt. Heit hobes zohlt. Und jetza is mei Göldbeidl solar wia no nie.

## Der Spargel

„Oma, do schau her, do hob i dir an Spargel mitbrocht. Den muaßt essn, der is gsund und harntreibend!“
„Dass der gsund is, des woaß i scho lang! Drum hob i gestern scho oan gessn. Fünf Stangen! Und jetza woaß i aa, dass er harntreibend is. I hob bloß ned gwißt, dass der den Harn oanzeln treibt.“
„Wieso oanzeln, Oma?“
„De erste Stang hod heit Nacht um elfe triebn, de zwoate um oans, de dritte um holwe drei, de vierte um viere und de fünfte um sechse!“

## Aso a Freid

Wenn a Architekt a Einfamilienhaus plana derf, dann lächelt er.
Wenn er a Bürohaus plana derf, dann locht er.
Owa wenn er a Atomkraftwerk plana derf, dann strahlt er!

## Am Stammtisch

*Kare:* I hob gestern an Fülm gseng über's Tierreich! Es is ein Wahnsinn, wos do alles gibt im Tierreich!
*Sepp:* Wos, hicks, wos gibts denn dann do, hicks, alles, im Tierreich?
*Kare:* Zum Beispiel a Kamöl. Ein Kamöl konn vierzehn Dog überleben, ohne dass's oan Schluck Wosser trinkt! Des is a direkts Wunder!
*Sepp:* Aso a, hicks, Schmarrn! Des is doch koa Wunder ned! I hob scho acht Johr koa, hicks, Wosser mehr trunka und leb aa no, hicks!

## T-Aktie

Bei da nächsten Tour de France soll's Team Telekom a boor T-Aktien am Gepäckträger affeschnalln und zu da Bergwertung mitnehma. Weil dann gangs mit denen aa wieder amol bergaaf.

## Verwechslungsgefahr

De Hitz im Summer, de brennt mir direkt's Hirn aus! I bin scho so weit, dass i alles verwechsl.
Gestern zum Beispiel wollt i aaf d'Nacht in Biergartn geh, zwoa Weißbier trinka und um zehne hoamgeh. Owa es wor so hoaß, i hob's glatt verwechselt: I hob zehn Weißbier trunka und bin um zwoa hoamganga.
Hoffentlich verwechsle heit nix. Heit möcht i nämlich 'n Rasen maahn und'n Holzzaun streicha.

## Weihnachtstränen

Bei uns dahoam gibt's an jedem Weihnachten Tränen.
Und zwar wenn d'Sissy heirat und da Winnetou stirbt.

## Wespenstich

Gestern beim Kaffeetrinka hod mi aaf da Terrassn a Wess gstocha. Genau am Hirn, dassma ja den rotn Batzn schee segt.
Und aaf d'Nacht beim Schofkopfspüln sagt oana vo de Mitspieler zu mir, dass mir der Wess, der wos mi gstocha hod, schofkopfmäßig wos voraus hod. Der hod nämlich wenigstens oamol gstocha!

## Sommerzeit

*Sepperl:* Oma, morgen is fei da 29. März. Do fangt d'Sommerzeit o!
*Oma:* Des is mir wurscht! De hört aaf aa wieder.
*Sepperl:* Owa Oma, do wird doch d'Uhr umgstellt!
*Oma:* Nix do! Mit dem neimodischen Zeig wennst mir ned gangst! I stell nix um! Mei Uhr bleibt im Wohnzimmer steh!

## Wirtshauskultur

Mir hamma gsagt, aso gehts nimmer weida! De bayerische Wirtshauskultur stirbt langsam aus und koana unternimmt wos dagegen. Mir hamma jetza an Verein gegründet. Der hoaßt „Verein zur Erhaltung der bayerischen Wirtshauskultur". Bis jetza samma drei Mitglieder: Da 1. Vorstand, da 2. Vorstand und da Kassier. Mir gfreima uns über jeden neia Interessenten.
Wer Lust hod, konn einfach kemma. Mir treffma uns an jedem ersten Dienstog im Monat beim McDonalds.

## Massenauflauf

Mir samma scheinbar recht beliebt, weil wenn bei uns dahoam wos los is, dann kemmand die Massen. Gestern aaf d'Nacht hamma grillt. I konns ned genau sogn, owa do worn mindestens 300 do. Mei Frau, i, de zwoa Kinder und 296 Muckn.

## Neue Währung

Also, wos's Hosnkaffa betrifft, hodse durch de Umstellung vo D-Mark aaf Euro bei mir gor nix g'ändert. A neie Hosn kost mi genau's Gleiche wia vorher: Den letztn Nerv!

## Am Stammtisch

*Kare:* Gestern bin i einfach amol aso über's Land gfohrn mit mein oltn VW-Käfer.
*Sepp:* Des is, hicks, aa amol wos scheens!
*Kare:* Genau! Und stell dir vor: Kimm i zufällig bei an Oltimer-Treffen vorbei.
*Sepp:* Do schau, hicks, her! Sachen gibt's!
*Kare:* Genau! Und stell dir vor: Stell i zufällig mein Käfer hi und schau a weng umananda, gwinn' i bei da Fahrzeugprämierung den 5. Preis. So olt is mei Käfer scho! Des is doch a Wahnsinn!
*Sepp:* Nicht, hicks, schlecht! Hättst holt dei Wei higstellt, dann hättst den 1. Preis gwunga!

## Frühsport

I hob zum Doktor gsagt, dass i in da Friah allaweil so matt bin.
Nacha hod er gsagt, dass Frühsport für mi's Ideale waar.
I hobs gmocht. Vorgestern hob i mir um drei in da Friah Boxen ogschaut und gestern um viere Formel 1. Jetza bin i no matter wia vorher. Frühsport is nix für mi.

## Nikolaus

*Er:* So Kinder, heit is da 5. Dezember. Heit aaf d'Nacht kimmt da Nikolaus!
*Sie:* Eigentlich ned. Eigentlich kimmt da Nikolaus erst morgen. Nikolaus is doch am 6. Dezember! Da 6. Dezember is doch sei Namenstag, oder?
*Er:* Scho. Owa daadst du an dein Namenstog mit an drumm Sog am Buckel durch d'Stod renna und dir fuchzgmol's Jesukindlein vorstottern loussn? Akkrat an dein Namenstog?
*Sie:* Äh … ah … i? Eigentlich ned.
*Er:* Segsta's! Und da Nikolaus aa ned. Drum kimmt er heit!

## Oma's Herzenswunsch

Jedsmol wennma d'Oma frogn, wos aaf Weihnachten mog, sagt's des Gleiche: „Omei, i hob ja alls, i brauch ja nix. Sport's eier Göld!" Heier schenkma ihr überhaupt nix, dass aa amol a Freid hod.

## Osterweiterung

Da Alfons fohrt jede Wocha zwoamol in d'Tschechei. Zum Essn, wal's do deitlich billiger is. Er sagt, do kost a Schnitzl mit Pommes und Solod wenga wia bei uns d'Pommes alloins. Inzwischen braucht er d'Hosn scho um zwoa Nummern größer, weil er dermaßen einehaut. Sei Wei sagt, sei drumm Wampn is unästhetisch. Owa da Alfons sagt, des is ned sei drumm Wampn, sondern sei ganz persönliche Osterweiterung.

## Kopfwäsche

Gestern hob i in da Zeitung glesn, dass se nur 24 Prozent aller Männer täglich 'n Kopf woschn. De andern 76 Prozent san verheirat. Denen wird täglich da Kopf gwoschn, und zwar gewaltig.

## Heilkräuterboom

Heitzudogs is ja tierische Ernährung praktisch out. So richtig in san Heilkräuter. Es is direkt hipp, wennma a reiner Pflanzenfresser is. I hob ja den Trend scho lang vorausgseng und ernährme seit Jahren pflanzlich. Grod beim trinka: Hopfen, Malz, Weizen, zwischendurch Apfel mit Korn. Oder aa Kirsch mit Wasser oder Stroh mit Rum. Recht nahrhaft is aa a Kümmel oder a Korn. Tierische Produkte trink i bloß no ab und zu: An Bär mit Wurz zum Beispiel.

## Leichtathletik

Gestern hob i am Fernseh Leichtathletik ogschaut. Do wor grod Kugelstoßen der Damen do. Mi host ghaut! Also eigentlich miaßert des Schwerathletik hoißn.

## Biologisches Wunder

Gestern wollt i a Regal zammbaun. Mei Frau hod a Viertlstund zuagschaut, dann hods gsagt, dass i a biologisches Wunder bin: Obwohl dass i a Rechtshänder bin, hob i zwoa linke Händ'.

## Das starke Geschlecht

*Kare:* Du Sepp, mei Wei sagt, dassma mir Manner wehleidig san.
*Sepp:* Aso a Schmarrn. Wenn ebba wehleidig is, dann san des d'Frauen. De jammern ja scho, wenn's amol a Wocha Kopfweh hamm.
*Kare:* Genau! Oder wenn's a Kind kriagn. I zum Beispiel, i hob oft aso an Druck aaf da linkn Seitn. Owa i sog nix.
*Sepp:* An Druck? I fei aa. I hobna mehr rechts. Owa i sog aa nix. Und wenn i recht lang sitz, zum Beispiel beim Fernsehschaun, dann duat mir mei Kreiz dermaßen weh. Der Schmerz, der ziagtse so schräg ume.
*Kare:* Des kenn i! Oder aa beim Kortnspüln. Do is grod aso.
*Sepp:* Genau! Des is de einseitige Bewegung. Und vom Mogn wüll i gor nix sogn! Kaam ißt amol zwoa Schweinshaxn, druckt di scho da Mogn. Des wenn a Wei wissert, wia des druckt. Mei liawa, druckt des. Do vergeht dir alles! Owa de mei schafft ja ned amol oan Schweinshaxn! Do konns ja gor ned wissn, wia des druckt, wennma zwoa isst.
*Kare:* Do hod ja a Wei koa Ahnung! Es is ja mit de Bronchien 's Gleiche. Mei Wei grantelt mir dauernd her, wal i aso huast. De soll amol zwoa Schachteln raucha aaf d'Nacht, nacha möchte's segn, ob sie ned aa huastn daad.

*Sepp:* Owa genau! De redse leicht. Raucht ned, spült ned Kortn, isst ned amol oan Schweinshaxn und dann möcht's wissen, wos a Schmerz is. De Frauen moanand, nur se hamm Schmerzen. Mir hamma aa oi!
*Kare:* Genau! Owa mir redma ned drüber!

## Tour de France

*Kare:* Du Sepp, woaßt wos mi bei dera Tour de France aso wundert?
*Sepp:* Wosn?
*Kare:* De fohrn do stundenlang Radl wia da Deifl, trinkand literweise Wosser oder so a Mineralglump, und koana bleibt steh zum Biesln. Des gibt's doch ned, dass de ned biesln miaßn. I sogdas ganz ehrlich: Mi daads freiweg zreißn!
*Sepp:* Kare, ja woaßt denn du des ned? Natürlich biesln de aa. De bleibn bloß ned steh zum biesln.
*Kare:* Wos? Jetza sog bloß, de biesln beim fohrn!
*Sepp:* Owa genau! Wenns bergab geht, dann lassns dera Sach freien Lauf. Des geht scho mit de Radlerhosn. Und da Fahrtwind, der hauts dann hintere.
*Kare:* Ach, aso lafft des! Ja, dann is natürlich klar, dass de ned stehbleibn. Owa wenn des aso is, dann miaßert eigentlich da Letzte a gölbs Trikot hom und ned da Erste!
*Sepp:* Do host aa wieder recht!

## Genmanipulation

Es is scho klar, dass de Genmanipulation Gefahren bringa konn. Owa natürlich gibt's aa Chancen. Wenn i bloß an's Essn denk: Stellns Eahna vor, man kannt de Gene von an Tausendfüßler mit denen vonana Sau mischn, wos für a Haffa Schweinshaxn des waarn. Oder de Gene vom Steinpilz und de vom Fußpilz. Dann brauchadma de Schwammer nimmer aus'm Wold holn, weils vo selber aussalaffa daadn.

## Geschenkekauf

I kaaf heier 's Weihnachtsgschenk für mei Frau am allerletztn Dog vor Weihnachten. Weil letzts Johr howes vier Wocha vorher kafft und so guat versteckt, dasse's bis heit no ned gfundn hob.

## Der Gewinn

Gestern hob i an Briaf kriagt in an goldern Umschlag. Des wor a Gewinnbenachrichtigung.
„Für Herrn Toni Lauerer persönlich" hamms affegschriem.
Do is dringstandn, dass i zum eng beschränkten Kreis derer ghör, de an fünftägigenWellness-Urlaub in Spanien gwunga ham. I brauch bloß 100 Euro Verwaltungsgebühr aaf a Konto in Liechtenstein überweisen, dann schickens mir de Reiseunterlagen. Des mog scho sa, dass i zum eng beschränkten Kreis ghör, owa so beschränkt, dass i des Geld überweis, bin i aa wieder ned.

## Halloween

*Kare:* Glaubst, i hass des neimodische Zeig! Mir hamma früher gor ned gwisst, wos „Halloween" is. Mir samma holt im Fasching a Kaubeu gwen und aus. Und heitzudogs? Mit dem amerikanischen Glump mochans de ganzn Kinder narrisch!
*Sepp:* Und uns aa!
*Kare:* Des stimmt! Mei Bua, der wüll jetza a Halloween-Party veranstalten. Stell dir des vor, 's ganze Haus voller Monster und Gfrieser! Und er wüll aa unbedingt a Maskn hom. Jetza derfad i für aso an greislichen Kürbisschädl a Göld aa no ausgebn!
*Sepp:* Also, Kare, wia redst denn du vo dein Buam!

## Moderne Zeiten

Wiama mir jung gwen san, hamma no Briefe gschriem. Des is fei heitzudogs dodal out. Unser Tochter hod a SMS kriagt, do is dringstandn: „Hi! Schau mal in deine e-mail!“ Und in da e-mail is dringstandn: „Hi! Gleich kommt ein Fax!“ A Minutn später wor des Fax do. Aaf dem is dann obnstandn: „Hi! Ich rufe gleich an!“ Aso a Aufwand für nix und wieder nix. Weil de warn scheinbar falsch verbunden. Unser Tochter hoaßt nämlich gor ned Hi.

## Der Appetit

*Im Dorfwirtshaus sitzen ein Bayer und ein Feriengast an einem Tisch. Die Bedienung bringt dem Bayern einen riesigen Schweinshaxen.*

*Gast:* Ja, um Gottes Willen! Wollen Sie die riesige Schweinshaxe alleine essen?
*Bayer:* Naa, doch ned alloi! I kriag ja no Knödel und a Kraut!

## Erster Schultag

*Papa:* No Maxl, wia war da erste Schultag?
*Maxl:* Ned schlecht.
*Papa:* Habts nacha scho wos glernt?
*Maxl:* Naa.
*Papa:* Wos habts denn nacha gmocht?
*Maxl:* Mir hamma vo dahoam erzähln derfa. Papa, stell dir vor: Bloß oana in da ganzn Klass hod dahoam koan Internetanschluss!
*Papa:* A geh! Wer is denn nacha der orme Deifl?
*Maxl:* Da Lehrer!

## Glückspilz

Da Kare vo unserm Stammtisch, der hod einfach allaweil 's Glück. Z'erst hod er scho als oinziger vo uns koa Wei kriagt, do hod er scho glocht. Dann hod er als oinziger koa Plattn kriagt, do hod er no mehr glocht. Und dann hod er als oinziger koi Telekom-Aktien kriagt. Seitdem locht er bloß no.

## Karrierevoraussetzungen

Wennst du als Mo heitzudogs zu wos kemma wüllst, dann muaßt drei Fremdsprachen sprecha, 10 Johr Berufserfahrung hobn, davon mindestens 10 Johr in leitender Position mit EDV-Erfahrung, du muaßt fünf Johr studiert hobn und derfst ned über 29 Johr olt sa.
Wennst als Frau zu wos kemma wüllst, dann muaßt wos mit'n Dieter Bohlen ofanga. Alles andere is wurscht.

## Implantate

*Bedienung: Stellt dem Gast ein Weißbier hin und bückt sich dabei tief hinunter.* So bittschön, ein Weißbier, der Herr!
*Gast: Indem er der Bedienung in das imposante Dekollete schaut:* Mei liawa! Do san doch bestimmt Implantate drin!
*Bedienung:* Naa, ganz bestimmt ned! Des is a ganz a normals Weißbier!

## Emanzipation im Biergarten?

*Sie:* Do schau hi, Alfons! Mindestens 50 Prozent vo alle Leit do im Biergartn herin san Frauen! Des is de neie Emanzipation!
*Er:* Naa, de is ned! Des is de neie Promillegrenz. Do brauchtma d'Frau zum hoamfohrn!

## Der Sommer

Z'erst hamma gjammert, weil heier da Summa so lang ned kemma is. Dann hamma gjammert, weil er z'kühl is, dann, weil er z'feicht is und dann, weil er z'worm is. Später hamma dann gjammert, weil er z'hoaß is und dann, weil's sovül Wessn gibt und weil er so schwül is. Und wennma ganz ehrlich san, dann wor's a ganz normaler Summa. Und drum jammerma jetza, weil er vorbei is.

## Drachensteigen

Mei Bua nervt mi seit Tagen, weil er mit mir sein Drachen steign lassn will. I hob gsagt, des is bei dem Wind nix für mi, weil i Holsweh hob. Und außerdem is Drachensteign sowieso a Schmarrn. Owa mei Wei hod gsagt, i soll mit eam ausse, weil Drachensteign is a Sache für Väter. Also guat, dann samma ausse. Und dann hamma den Drachen steign lassn, aafana frisch g'odelten Wies! Jetza sagt mei Frau aa, dass Drachensteign a Schmarrn is.

## Der 3. Mann

*Sie:* Do les, wos in da Zeitung steht: „Jeder 3. Mann hilft seiner Frau regelmäßig bei der Hausarbeit." Do konnsta a Beispiel dran nehma!
*Er:* Worum i? I bin doch dei erster Mo!

## Osterschmerzen

*Er:* Mensch, hob i Bauchweh! I hob gestern sechs gweihte Osteroier gessn. Sechs! Wia konnma bloß so bläd sa!
*Sie:* Dua ned jammern! Immerhin host jetza'n heiligen Geist in dir!
*Er:* Des mog scho sei. Owa wenns noch mir gang, derfad er langsam wieder aussa kemma!

## Erderwärmung

I hob heier im Juni no d'Heizung aafdraaht, weil's dermaßen kolt wor. Und ab Mitte August wird's sowieso scho wieder kälter. Do redns dauernd vo da globalen Erwärmung. Mit dera is bestimmt aso wia mit alle modernen Sachen: Mir in Ostbayern kriagnma's wieder als letzte. Wenn überhaupt!

## Lesefreuden

I les' ja gern lustige Literatur: Karl Valentin, Ephraim Kishon, Playboy. Mei Frau mog's mehr traurig: Liebestränen in Afrika, Tränen der Liebe in Afrika oder afrikanische Liebestränen. Und dann flennts beim Lesen. I mog sowos ned, i loch liawa beim Lesen. Owa gestern hob i 's erste Mol a Buch glesn, wo i flenna hob miaßn: Mei Sparbuch!

## Am Stammtisch

*Kare:* I glaub, de spinnand! D'Wehrpflicht oschaffa! Aso ein Krampf! D'Bundeswehr hod no koan gschod!
*Sepp:* Des daad i aa sogn! Da Barras hod no nie koan ned gschod!
*Fonse:* Mir scho!
*Kare:* Wos? Dir scho? Ja, wia des? Host du die negativen Seiten des Soldatenlebens kennaglernt in deiner Bundeswehrzeit?
*Fonse:* Naa, de hob i ned kennaglernt, owa mei Frau!

## Cabrio-Festzelt

Mit dem neimodischen Zeig kimmst ganz durchananda. Jetza hamms a Festzelt erfunden mit an „Cabrio-Dach". Wenns recht schwül is in da Nacht, dann mochans einfach 's Dach aaf. Do wennst dann a poor Maß trunka host, dann woaßt nimmer: Host jetza scho an so an Rausch, dass du d'Sterndln segst oder hamms bloß 's Zeltdach aafgmocht?

## Frauenfußball

*Sepp:* Gestern hob i a Frauenfußballspiel am Fernseh gseng.
*Kare:* Und?
*Sepp:* Mei. Wos soll i sogn? Schaut holt alles a wenig komisch aus. Owa woaßt wos mir aafgfolln is? De wenn gfoult werdn, de bleibn fei ned liegn. De stengand sofort wieder aaf.
*Kare:* Weil's koa taktisches Verständnis hamm!
*Sepp:* Und weil's ned aso hihaun, wiasase ghört! A Mo wenn foult, dann foulta!
*Kare:* Genau! Do wo a Mo hihaut, do wochst koa Gros nimmer!
*Sepp:* Woaßt, wos mei Wei gsagt hod?
*Kare:* Wosn?
*Sepp:* Dass de Manner noch an Foul bloß länger liegnbleim, weil's wehleidiger san!
*Kare:* Aso a Schmarrn! Also, nix gega dei Frau, owa de hod keine Ahnung!
*Sepp:* Des sog i scho allaweil!

## Partygeflüster

*Gast:* Und Freilein? Wia gfollts Eahna do aaf dera Party?
*Fräulein:* Ned schlecht. Is a ganz a nette Party.
*Gast:* Sog i aa. Owa mir is vielleicht grod wos peinlichs passiert. Schuld bin i selber, weil i einfach mei Maal ned holtn konn!
*Fräulein:* A geh! Wos is Eahna denn passiert?
*Gast:* Segn Sie den wamperten Gschwollschädl, der wos grod vom Pils trinkt?
*Fräulein:* Ja.
*Gast:* Der wor scho fünf Mol am Büffett! I hob genau mitzählt! Dann sog i zu dera oltn Spinatwachtl, de wos durt im Eck steht, de mit dem kurzn Rock und de Krampfodern, segns de?
*Fräulein:* Ja, i segs scho. De mit dem Sektglasl!
*Gast:* Genau de! Aaf jeden Fall sog i zu dera: „Schauns Eahna amol den verfressna Büffl o! Do brauchtmase ned wundern,

dassma ausschaut wie eine aafblosne Wurscht, wennma's holberte Büffett alloins zammfrißt!" Und stellns Eahna vor, sagt sie zu mir: „Das ist mein Gatte!" Kinnans Eahna des vorstelln? Is der doch tatsächlich da Mo vo dera Goaß! I hob gmoant, i muaß im Bodn versinka! I hob bloß no gsagt: „Nix für unguat!" und bin glei davo. De schaut mi bestimmt nimmer o! De is mir tödlich beleidigt!

*Fräulein:* Ach, des glaub i ned. Mei Mutter versteht scho an Gspoaß!

## Einmalig

Gestern vormittog hob i für mein Sohn an Plastikbob kafft. Made in Taiwan. Und noch'n Essen hoda'n glei ausprobiert. Bei da ersten Fahrt is er über a kloans Hugerl drübergsprunga und da Bob wor hi. Direkt in da Mitt' z'brocha. I hättma's ja glei denka kinna, weil aaf da Gebrauchsanleitung is obngstandn: „Die Fahrt mit diesem Gerät ist ein einmaliges Erlebnis!"

## Backwahn

Wenn mei Frau backt, dann muaß i de Plätzln probiern. Weil wenn i ned probier, dann mocht's a dumms Gsicht. Wenn mei Muada backt, muaß i aa probiern, weil de mocht aa a dumms Gsicht, wenn i ned probier. Und bei da Schwiegermuada muaß i sowieso probiern, dass de koa dumms Gsicht mocht. Und wenn dann Weihnachten ume is und i stell' mi im Bad aaf mei Personenwaage, dann moch i a dumms Gsicht.

## Vorurteil

Do hoißts allaweil, Radlfohrn is gsünder wia Autofohrn. Des is a ganz a bläds Vorurteil! Bei uns is a Auto an a Gortnmauer drogfohrn. Dem Fahrer hod überhaupt nix gfaahlt. Oa Wocha später is a Radlfohrer genau an de gleiche Mauer drogfohrn. Der hod heit no a Halskrause und an Gipsfuaß!

## In der Fremde

Wenn i in München bin, dann gfrei i mi, wenn i an Waldler triff. Wenn i in Hamburg bin, dann gfrei i mi, wenn i an Oberpfälzer triff. Wenn i in London bin, dann gfrei i mi, wenn i an Bayern triff. Owa soweit weg, dass i mi gfrei, wenn i an Preißn triff, wor i no nie.

## Große Ferien

*Sohn:* Papa, mir is so langweilig!
*Vater:* Dann geh' ins Freibad!
*Sohn:* Owa mei Chlorallergie!
*Vater:* Dann geh' in Gortn und hau am Bolln draaf!
*Sohn:* Owa mei Gräserallergie!
*Vater:* Dann spül mit dein Meerschweindl!
*Sohn:* Owa mei Tierhaarallergie!
*Vater:* Dann hockde ins Wohnzimmer eine und schau Fernseh!
*Sohn:* Owa mei Hausstauballergie!
*Vater:* Bin i froh, wenn de Ferien ume san!

*Man sollte nie laut sagen, dass einem langweilig ist. Schon gar nicht zur Ehefrau.*

# Die Terrassenmöbel

*Er:* Omei! Heit is aso a richtig langweiliger Samstog!
*Sie:* Für di vielleicht! Mir is ned langweilig. I muaß no ospüln, dann bügeln und dann dei Sonntagshosn weida mocha, weilst scho wieder zuagnumma host.
*Er:* Des konn i mir ned vorstelln, dass i zuagnumma hob. I schatz, de Hosn is beim Woschn eiganga.
*Sie:* Ja frale! Pass aaf, dass du ned eigehst!
*Er:* Aaf jeden Fall is mir langweilig. I glaub, i schau a weng Fernseh.
*Sie:* Du, wenn dir gor so langweilig is, dann kannst du de Terrassenmöbel aus'm Keller holn!
*Er:* Also, sooo langweilig is mir dann aa wieder ned!
*Sie:* Jetza hols holt, bitte! Sunst is da Summer vorbei und mir hamma d'Möbel allaweil no im Keller untn. Schau her, des san vier Stühle, oa Tisch und oa Sonnenschirm. Sechsmol in Keller owe und scho hosta's gschafft!
*Er:* Sechsmol owe und sechsmol wieder affa!
*Sie:* Ja, des is scho klar. Owa owe brauchst ja nix trogn! Und irgendwann miaßn de Möbel affa. Mir brauchma's doch zum Grilln oder wenn amol a Bsuach kimmt zum Kaffeetrinka.
*Er:* Woaßt du, wia oft dassma mir letzts Johr grillt ham? Zwoa Mol! Zwei Mal! Und vo de zwoa Mol samma oamol herin gessn, weil mittndrin a Weda kemma is. Aus heiterem Himmel, im wahrsten Sinn des Wortes!
*Sie:* Ja mei, do konn i aa nix dafür. I wosch, i putz, i raam aaf! Um's Weda konn i mi ned aa no kümmern.
*Er:* I vielleicht? Do konn doch i nix dafür, wenn's rengt. Aaf jeden Fall samma mir letzts Johr beim Grilln oamol herausn

gsessn. Und wega dem soll i de ganzn Möbel affaschleppa? Des rentiertse doch gor ned.

*Sie:* Dann grillma holt heier öfter. Und außerdem wollt' i des Johr sowieso öfter Bekannte und Verwandte eilodn.

*Er: (Geschockt)* Wos? Wos nacha für Verwandte? Man trifftse doch eh so oft aaf Hochzeiten und Beerdigungen! Do braucht-ma's doch ned no extra eilodn.

*Sie:* Jetza derfst owa aafhörn! Des ghörtse einfach, dassma sei Verwandtschaft ab und und zu eilod.

*Er:* Dann lod's wenigstens im Winter ei, dann brauchma koi Terrassnmöbel dafür!

*Sie:* Hol holt bitte de Möbel affa und suach ned dauernd noch irgendwelche Ausreden! Des is direkt peinlich, wia du di vor dem bisserl Orwat druckst.

*Er:* I moin ja bloß. Und stell dir vor, wenn's dauernd rengt? Dann stengand de Möbel draußt und mir sitzma herin.

*Sie:* Es wird doch ned a jedsmol renga, wenn a Bsuach kimmt!

*Er:* Oder aa wenn's ned rengt und bloß kolt is. Dann kinnma aa ned ausse. Unter 25 Grod is aa trucka ned angenehm draußn. Grod bei Wind! Brrr!

*Sie:* Also schee staad wirst fei direkt kindisch. 25 Grod bei Wind! I woaß scho, wo da Wind hergeht! Du willst partout de Möbel ned affatrogn und jetza überlegst dir tausend bläde Gründe dafür.

*Er:* Wos hoißt do bläde? Wenns rengt, dann rengt's. Des is ned bläd, sondern a Tatsach'!

*Sie:* Woaßt, wos a Tatsach' is? Dass dir am liabstn waar, wenn i als schwache Frau de Möbel affatrogn daad und du daadst im Wohnzimmer Fernseh schaun und mir zuaschaun. Des waar dir wahrscheinlich ned amol peinlich.

*Er:* Mei, wos hoißt peinlich? Des woaß i jetza aa ned genau. I daad sogn, des probierma amol aus. Du tragst de Möbel affa und i schau Fernseh. Und dann sog i dir, ob mir des peinlich wor.

# Die Hochzeitseinladung

*Er: (Im zornigen Selbstgespräch)* Glaubst, i bin nervlich scho wieder dermaßen mit de Nervn firte wega der blädn Hochzeitseinladung. I hass' Hochzeiten! Und jedsmol, wenn sowos is, dann schneid' i mi beim Rasiern und bluat wie eine Sau. Schuld is ja Sie. I muaß mi im Wohnzimmer rasiern, weil Sie steht scho seit 40 Minutn im Bad drin und schmiertse o, obwohl des eh nix bringt.
*Sie: (Aus dem Bad)* Wos schimpfst denn scho wieder?
*Er:* Ach, weil's wohr is. Schau amol, dass du firte wirst im Bad! Im Wohnzimmer konn i mi ned gscheit rasiern. Ohne Spiagl seg i nix!
*Sie:* Pass' bloß aaf, dass du di ned wieder schneidst! Bei da letztn Hochzeit host an drumm Bluatfleck am Hemad dran ghod. I hob mi dermaßen gschamt. Mir samma aaf da Hochzeit und bluatst wie ein ogstochas Keibl. Wor des peinlich!
*Er:* Du bist fei a ganz a brutale Frau! Anstatt, dass i dir leid dua, is dir peinlich. Du host koa Herz, des hob i scho allaweil gsagt. Außerdem hass' i Hochzeiten. Vo mir aus konn jeder heiratn, des is sei Sach'. Owa wenn, dann bittschön ohne mi. I muaß ned bei jedem Blädsinn dabei sa. *Bindet sich unbeholfen und viel zu kurz die Krawatte.* Des Krawattnbindn zum Beispiel mocht mi aa no amol narrisch. Do schau her, des is doch koa Krawattn! Des Schwanzl is doch a Witz! Vül zu kurz!
*Sie:* Wos sagst?
*Er:* I sog: Des Schwanzl is doch a Witz! Vül z'kurz!
*Sie:* Des woaß i scho lang! Host ebba du ned amol no a Hosn an?
*Er:* Hosn? Ja, frale hob i a Hosn an. Wos soll de bläde Frage?
*Sie:* I moin ja bloß.
*Er:* Schau liawa, dass du firte wirst! I muaß biesln. A dreiviertl Stund stehst du jetza do drin! A dreiviertl Stund! Und wos mi am meisten deprimiert: Wennst aussakimmst, schaust genau aso aus wia vorher. Des mocht mi so firte.
*Sie: (Laut, zornig)* Jetza schau dir des o! So eine Sauerei!
*Er:* Wos is denn scho wieder?
*Sie:* I hob dir scho hundert Mol gsagt, du sollst im Sitzn biesln, wennst im Steh ned gscheit triffst! De Klobrilln schaut aus, dass

oan grausn kannt. Wenn do a Bsuach kimmt, muaßmase schaama. Pfui Deifl!
*Er:* Wenn des aso is, dann biesle in Zukunft in Gortn ausse. Nacha host a saubere Klobrilln und brauchst di ned schaama.
*Sie:* Du waarst so schlecht! Untersteh' di! Es is ein Kreiz! I muaß wieder alles putzn, obwohl i im Sitzn biesl.
*Er:* Wega mir konnst aa im Steh biesln. Nacha segst wenigstens, dass des gor ned so einfach is.
*Sie:* Gott bewahre!
*Er:* I moan ja bloß. Aaf jeden Fall hass' i de Hochzeiten. *Zieht sich die Jacke an.* Dauernd muaßt des feine Glump oziagn. Und dann de ganzn Pflichttänze mit de schwaarn Tanten! Schwitzn duast aaf Dauer wia a.... .
*Sie: Unterbricht ihn:* Wos schimpfst denn scho wieder? Mit wem redst denn du überhaupt?
*Er:* Mit mir selber. Do widerspricht mir wenigstens koana.
*Sie:* Omei, armes Deutschland!
*Er:* Du, mochads dir wos aus, wenn i dahoambleibert?
*Sie:* Frale, dass i alloins duatsitz wie ein Depp und koa Mensch holt mi zum Tanzn. Nix do, du kimmst mit. Des waar doch unmöglich, wennst du do ned anwesend waarst. Für wos samma denn verheirat?
*Er:* Also, so ganz genau woaß i des aa ned.
*Sie:* Sei ned so gschert! Host d'Kartn dabei?
*Er: Erfreut:* Kortn? Ja, moinst du, dass do a Schofkopf zammgeht?
*Sie:* Doch ned Spielkartn! Ob du d'Glückwuschkartn dabei host?
*Er:* Jaja, hob i scho. Und a Sprücherl hob i aa scho draafgschriebn. A lustigs! Do werns schaun!
*Sie:* Wos nacha? Les amol vor!
*Er: Grinsend:* Liebe Anna, wir sind froh,
endlich hast du einen Mo.
Gedacht hätt' man es nicht,
bei dein verhautn Gsicht!
Lustig, gell?
*Sie:* Ja sog amol, spinnst du? Des orme Deandl! De duatse doch wos o, wenn de des lest!

*Er:* Des wor doch a Witz! I hob ja gor nix affegschriebn. I hob doch bloß an Gag gmocht.
*Sie:* Über so an Gag konn i gor ned locha. Jetza hör' mit dein Blädsinn aaf und schreib wos Gscheits draaf! Und lesmas laut vor, weil i rasier mir grod d'Hoor vo meine Fiaß owa!
*Er:* Vo de Zähn waar's gscheida!
*Sie:* Wos sagst?
*Er:* Nix! Also lus, i hob folgendes gschriem:
Halt's zamm und bleibt's gsund
dann kriegt's ein Kind mit sieben Pfund!
Passt des?
*Sie:* Naja, geht scho. Owa des schreibst du jedes Mal. Aaf jede Kartn 's gleiche Sprücherl. Irgendwie is des aa langweilig, wennma immer's Gleiche draafschreibt.
*Er:* Des lest doch eh koa Mensch, weil a jeder bloß aaf's Geld schaut.
*Sie:* Noja, vo mir aus. Aaf jeden Fall is des Sprücherl heit besser geeignet wia damals beim Gruber Jochen.
*Er:* Jetza fang holt ned wieder mit dera oltn Gschicht o!
*Sie:* Mei, hob i mi damals gschamt! Da Gruber Jochen hod Primiz und du schreibst eam aaf d'Glückwunschkartn affe: „Halt's zamm und bleibts gsund, dann kriegt's ein Kind mit sieben Pfund!" So ein Wahnsinn! Bei da Primiz!
*Er:* Nacha hättst holt du wos affegschriebn, wennst so gscheit bist!
*Sie:* Wennst du des Kuvert zuabickst und wegschickst! Do konn i nix mehr affeschreibn! Lass' fei des Kuvert für d'Anna no offa, weil i muaß no a Geld einedua.
*Er:* Ach, des konn doch i aa. I daad sogn: Pro Nase an Zwanzger, des san 40 Euro und da Kaas is gessn.
*Sie:* 40 Euro? Spinnst du? Do versaffst ja du alloins scho mehra!
*Er:* Bei da letztn Hochzeit hob i bloß fünf Weizen trunka!
*Sie:* Und vo de acht Obstler sagst nix?
*Er:* Des is wos anders. Do is da Wirt selber schuld, weil sei Essn so fett wor.
*Sie:* Aaf jeden Fall miaßma mir heit mindestens 300 Euro schenka!

*Er: Total geschockt:* Wos??? 300 Euro? Des waarn ja in echtn Geld 600 Mark! Ja, wer bin denn i? Bin i vielleicht a Bank? I bin doch koa Bank!
*Sie:* Jamei, des ghörtse heitzudogs einfach, dassma innerhalb der Familie großzügig is. Und außerdem, wenn aso a jungs Paar heirat, dann hods an Haffa Bedürfnisse.
*Er:* An Haffa Bedürfnisse! Konnst du gschwolln daherredn. Apropos Bedürfnisse: Kimm endlich vom Bad aussa, i muaß biesln!
*Sie:* Glei kimme. Jetza dua z'erst de 300 Euro in Umschlag eine, dassma dann glei geh kinna!
*Er:* Vo mir aus. *Steckt drei Hunderter in den Umschlag, nimmt aber nach kurzer Überlegung wieder zwei heraus und klebt dann den Umschlag zu.* Zu unserer Zeit, do wenn zwoa gheirat ham, nacha hams an Schnellkochtopf kafft oder a Kaffämaschin. Und heit? Heit düsn's in de Dominikanische Republik oder aaf d'Bahamas. Des kost 5000 Euro! Wos moinst, wiavül Schnellkochtöpf dassma do kriagert? Hunderte! Owa naa, des is de junga Leit wurscht. Hauptsach, sie san in an Land, woma d'Speisekortn ned lesn konn. Und nacha? Nacha kemmands wieder noch drei Wocha und hammand an Virus. Aso schauts aus!
*Sie:* Wos grantelst denn umanand? I versteh' di ned. Spinnst jetza ganz?
*Er:* I sog bloß, wega dem Virus.
*Sie:* Wos für an Virus?
*Er:* Mir is des wurscht. Woaßt wos? Mir persönlich is a Leichtrunk vül liawa wia a Hochzeit! Bei an Leichtrunk, do is Essn und Trinka aa frei, owa schenka brauchtma nix. Und de Tanzerei mit da ganzn bucklertn Verwandtschaft, de gibt's beim Leichtrunk aa ned.
*Sie: Kommt aus dem Bad.* So, i bin firte. Geh eine zum biesln und dann gemma aaf d'Hochzeit!
*Er:* Und du moanst, i solltert do unbedingt mitgeh?
*Sie:* Ja selbstverständlich! D'Anna waar dir ihrer Lebtag beleidigt.
*Er:* Ja, okay, dann geh i holt mit. Wenn scho unser oanzige Tochter heirat!

# Die Bestellung

*Ober:* Ähem ... haben die Herrschaften schon gewählt?
*Er:* Ja, CSU!
*Ober:* Wie bitte?
*Er:* War a Witz!
*Sie:* Jetza bring holt den orma Mo ned so durchanand! Was magst denn essn?
*Er:* Nix für unguat, guada Mo! Mi hungert ned recht. I moin, i hob a weng a Bauchgrippe dawischt. I nimm vorsichtshalber bloß drei Boor Weißwürscht und drei Brezn. Und an Underberg. Für alle Fälle!
*Ober:* Drei Paar Original Münchner Weißwürste, im original Münchner Weißwursttopf, im eigenen Sud serviert. Sehr wohl!
*Er:* Des is mir wurscht. Hauptsach, es schmeckt!
*Ober:* Ähem, sehr wohl. Und die Dame?
*Sie:* Gibt's de Grillplatte anstatt mit Gemüse aa mit Salat?
*Ober:* Selbstverständlich, gnädige Frau!
*Er:* Gessn wird, wos am Tisch kimmt! Haha! Oder, Herr Ober? Is doch wohr! Wo kammadma denn do hi, wenn a jeder in da Speiskortn umanandastreicha daad? Aaf d'Letzt kenntse überhaupt koana mehr aus, und da Koch draaht durch. Meistens sans eh koi Deitsche, de in da Küch'.
*Ober:* Ähem, nun ja ...
*Sie:* Ach, hörns ned aaf ihn, der mocht andauernd so bläde Witze. Also, dann nimm i de Grillplatte mit Salat.
*Ober:* Gerne, gnädige Frau! Das wär's dann?
*Sie:* Moment no, bittschön! Anstatt Bommfritz hätt' i gern Salzkartoffeln. Geht des?
*Ober:* Aber natürlich! Statt der Pommes frites nehmen wir Salzkartoffeln. Kein Problem!
*Er:* Wissns, sie isst koi Bommfritz ned wega de Kalorien. I frog mi, worum. Is eh nix dran an ihr!
*Sie:* Von wegen! Sie, Herr Ober: I hob 78 Kilo! Kinna's Eahna des vorstelln? 78 Kilo! I konn koan Badeanzug ned trogn. Wos

glaubns, wia i ausschau in an Badeanzug. Zum Fürchtn! I wenn am Strand lieg, dann kimmt Greenpeace, weil's moinand, i bin a gstrandeter Wal!
*Ober:* Ähem, nun ja, äh, ich meine ...
*Er:* Ach, Schmarrn! I hob zwoa Zentn zwanzge und sog aa nix! Herr Ober, amol a Frage, rein interessehalber: Wiavül ham denn Sie?
*Ober:* Äh, ich? Ich wiege 76 Kilogramm.
*Er:* Do hätt' i jetza mehra gschatzt. I hätt' aaf 85 tippt. Mindestens.
*Ober:* Ich kann Ihnen versichern, ich wiege nicht mehr!
*Er:* Nacha hams wahrscheinlich leichte Knochen. Sowos gibt's. Owa natürlich brechand de aa recht leicht. Do miaßns fei Obacht gem!
*Ober:* Meinen Sie wirklich?
*Sie:* Jetza lass doch den orma Mo in Ruah! Des geht doch di nix o, wia schwaar dass der is. *Zum Ober:* Oder? Wos sogn do Sie?
*Ober:* Ähem, sehr wohl, gnädige Frau. Wenn ich kurz zu Ihrer Bestellung zurückkommen dürfte?
*Sie:* Omei, Entschuldigung! Wos hob i jetza bstellt?
*Er:* Also i hob drei Boor Weißwirscht bstellt! Hams des?
*Ober:* Jaja, der Herr. Das habe ich notiert.
*Er:* Normal iß i ja wos richtigs, owa heit isma ned recht.
*Ober:* Äh, die Dame hatte einen Grillteller nach Art des Hauses. Statt Gemüse wollten Sie Salat und statt der Pommes hatten wir Salzkartoffeln gesagt.
*Sie:* Genau! Sie, is bei dem Grillteller a Wammerl dabei?
*Ober:* Jawohl. Ein knusprig gegrilltes Wammerl gehört natürlich dazu.
*Sie:* Des is mir jetzt direkt peinlich. Kannt i statt dem Wammerl a Boor Wiener hom? Wega dem Fett.
*Er:* Is ch nix dran an ihr! *Zur Frau:* Schau mi o! I hob zwoa Zentn zwanzge. Und wenn i a Wammerl will, dann iß i oans, do konnst Gift draaf nehma! Von an Wammerl lass i mi ned schrecka. Bloß heit mog i koans. I woaß ned, i woaß ned, i moin, i hob a Bauchgrippe dawischt. Momentan grassiert wie-

der oane. *Zum Ober:* Mein Schwiegervoda, den hod's gestern dermaßen durchgraamt ...

*Sie:* Jetza bi amol staad! Des ghört doch ned do her! Des is doch dem Mo wurscht.

*Er:* Wer woaß.

*Sie:* Sie, Herr Ober, jetza follt mir grod wos ei: Wenn Sie mir anstatt dem Grillteller glei zwoa Boor Wiener bringa täten?

*Ober:* Also keinen Grillteller. Stattdessen zwei Paar Wiener Würstchen. Mit Brot?

*Sie:* Mit Bommfritz. Weil wenn i den Grillteller ned iß, dann konn i mir Bommfritz erlaubn.

*Ober:* Bei allem Respekt, gnädige Frau. Sie können sich alles erlauben. Bei Ihrer Figur!

*Er:* Des sog i aa. Is eh nix dran an ihr. I lassert mi ned schrecka von an Wammerl.

*Ober:* Und der Salat, den Sie zum Grillteller bestellt hatten?

*Sie:* Den bringens mir aa no. Owa wenn's geht, ohne Sellerie. Aaf Sellerie reagiert mei Haut allergisch.

*Er:* Des kinnans Eahna nicht vorstelln! De kriagt so Wimmerln, überall! Grod do woma gern schwitzt, do hods de meistn.

*Sie:* Jetza bist owa staad! Wos geht denn des den Herrn o, wo i meine Wimmerln hob? Nix für unguat, Herr Ober!

*Ober:* Sehr wohl. Also, ich darf dann nochmal Ihre Bestellung wiederholen: Für den Herrn drei Paar original Münchner Weißwürste im original Münchner Weißwursttopf ...

*Er: Unterbricht ihn:* Ja, i woaß scho. Im eigenen Sud. Is scho recht.

*Ober:* Mit süßem Senf?

*Er:* Mit Ketchup!

*Ober:* Mit Ketchup?

*Sie:* Der isst zu jedem Essen einen Ketchup. I sog's Eahna, des is unmöglich. Der Mo schaffts und isst zum Apfelstrudel einen Ketchup. Zum Grausn!

*Ober:* Ähem. Naja, wenn's dem Herrn schmeckt.

*Sie:* Wenn's dem Herrn schmeckt! Ha ha ha. Gega den is a Sau a Gourmet! Und nacha jammert er, wenn er a Bauchgrippe hod. Mi wundert des ned.

*Er:* Jetza hostas! Jetza hob i koan Appetit mehr. Jetza mog i meine Weißwürscht aa nimmer!
*Ober:* Aber mein Herr! Beruhigen Sie sich doch! Ich finde, jeder sollte das essen, was ihm schmeckt. Was darf ich Ihnen denn nun bringen?
*Sie:* Also, wenn i aso überleg: Zwoa Boor Wiener mit Bommfritz und Salat is aa ned grod 's Ideale. I woaß ned recht, wos i nehma soll. *Zum Gatten:* Franz, sog holt du aa wos!
*Er:* I? Jamei, i woaß ned. Mit dein Ketchup-Schmaatz host mi jetza ganz drausbrocht. Hm.
*Ober:* Wenn Sie noch in Ruhe überlegen möchten: Ich komme gern später nochmal vorbei.
*Er:* Sie, jetza follt mir wos ei: Ham Sie eigentlich Schweinshaxn?
*Ober:* Selbstverständlich! Mit handgemachtem Knödel und bayerischem Sauerkraut.
*Er:* Dann bringens uns zwoa Schaschlik!

# Ich nähme die Wahl an

I kandidier jetza für'n Kreistag! Auf Drängen zahlreicher Parteifreunde. Sie hams zwar ned direkt gsagt, dass i kandidiern soll, owa des kenntma ja an da Art wia's schaun. De hammand mi ogschaut wia an typischen Kandidaten.
I hob lang überlegt, ob i kandidiern soll, weil man hod ja als engagierter Bürger an Haffa andere Verpflichtungen: Fernsehschaun, Schofkopfa, Rasenmahn. Owa mei, wos willma mocha, wennma aso gedrängt wird. I hob dann gsagt: „In Gott's Nam', schreibts mi draaf aaf d'Listn! Da Plotz is mir völlig wurscht."
Dann hamms mi aaf Listenplatz 52 vorgseng. Also, so wurscht isma dann aa wieder ned. I hob zum Ortsvorsitzenden gsagt: „Lus aaf", hob i gsagt, „im Prinzip spielts zwar koa Rolle, wo i steh, owa aaf 52 is nix!"
Aaf 52 kinnans vielleicht irgend an Hamperer hisetzn, den wos koana kennt, owa doch ned mi. I bin seit 13 Johrn stellvertretender Kassenprüfer vom Schützenverein und steh als solcher im Licht der Öffentlichkeit! Außerdem wor i in de letzn Wochen zwoamol in da Zeitung. Oamol, weil i beim Preisschofkopfa Letzter wordn bin und oamol, weil's mi innerhalb vo da Ortschaft mit 81 Sachen blitzt ham. Beim Blitzn is allerdings da Nam' ned dabeigstandn, bloß „ein hiesiger Bürger". Aaf jeden Fall is da 52. Plotz für oan wia mi indiskutabel.
Da Ortsvorsitzende hod dann zu mir gsagt, dass i bedenka soll, dass de hintern Plätz' billiger waarn, vorn kost's mehr, de Kandidatur.
Ja, wos glaubt denn der? Glaubt der, i konnma koa Kandidatur ned leistn? Wenn i scho kandidier, dann soll a Hunderter hi sa, des is mir wurscht!
Da Vorsitzende hod gmoant, a Hunderter wird owa bestimmt ned glanga.
Des is mir aa wurscht. Wenn d'Kuah hi is, soll's Keibl aa hi sa. Notfalls moch i 120 Euro aa no locker! Dann kriagt holt mei Bua sei neis Radl erst naxts Johr. Guat, heier hätt' er zwar Fir-

mung, do waars eigentlich angebracht, owa sei Freid is natürlich dann naxts Johr umso größer, wenn er koa Firmung hod und trotzdem a Radl kriagt. Und außerdem hod er dann an Voda, der wos eventuell Kreisrat is. Des is doch für an so an Buam a Riesnsach'!

Da Vorsitzende hod mi dann gfragt, wos i mir für an Plotz aaf da Listn vorstelln daadert.
„Mei", hob i gsagt, „im Prinzip is ja ned so wichtig, weil mi d'Leit als stellvertretenden Kassenprüfer vom Schützenverein sowieso kennand, owa besser als 52 sollterts scho sa. I hättma's holt a weng weiter vorn vorgstellt, so Nummer drei oder eventuell vier. Im äußersten Notfall gang aa fünf."
Er hod gsagt, des is unmöglich. Des waar nur möglich, wenn's mindestens fünf erste, fünf zwoate und fünf dritte Plätz' gebn daad. Und dann waars no schwierig.
„Ja, worum denn?", hob i gfragt. „Wer soll denn do aller hi aaf de Plätze?"

Da Vorsitzende hod dann behauptet, dassma in da heitign Zeit bestimmte Gruppen einfach ned verpreIln derf. De muaßma vorn platziern, weil's sunst an Eklat gibt.

Zum Beispiel de Frauen. Er sagt, du brauchst in da heitigen Zeit einfach im vorderen Bereich eine Frau, sunst bist du verratzt.
„Des is a Schmarrn!", hob i gsagt. „I kenn' oan, der hod a Frau. Und seit er de hod, hod er im vorderen Bereich Probleme!"
Owa des hod da Vorsitzende nicht ernst gnumma. Er hod gsagt, er moint ja des politisch, ned körperlich. Privat brauchtma natürlich koa Frau, owa politisch unbedingt.
Wosma aa no braucht, is de Landwirtschaft. Da Bauernverband, wenn gega di is, dann host scho verspielt.
Und d'Jugend! Ohne Jugend geht vo Haus aus nix. D'Jugend is nämlich de Zielgruppe an sich!
Und d'Senioren sowieso. D'Leit werdn allaweil älter, und wenn's in da Rente san, hams Zeit.

Essn derfas nimmer alles, Alkohol sollns aa koan trinka, sexuell wirds aa staada, also, wos duat dann a älterer Mensch? Nacha geht er zum Wähln, dass er wenigstens a Kreizl mocha derf, wenn er scho sunst nix derf. D'Senioren wenn di wähln, des is scho de holberte Miete!

Ned vergessn derfma natürlich d'Gschäftsleit, de san aa a Zielgruppe. Und d'Singles! Und de Alleinerziehenden. Und d'Feierwehr!

„Und de brauchan alle an Plotz ganz vorn aaf da Listn?", hob i gfragt.

„Genau", hod da Vorsitzende gsagt. „Und des is unser Problem!"

„Ja wenn des aso is", hob i gsagt, „dann waar da ideale Kandidat a 19-jähriger alleinerziehender weiblicher Landwirt mit Seniorenpass, der wos nebnbei no a Gschäft hod und Feierwehrkommandant is."

Da Vorsitzende hod ganz feichte Augn kriagt und gsagt: „Des waar ein Traum! Owa bis jetza hamma so oan ned gfundn."

Aaf jeden Fall, langer Rede kurzer Sinn: Nach zähen Verhandlungen, i wor knallhart, hob i mi dann vo Plotz 52 aaf Plotz 47 virekämpft. Samma uns ehrlich: Aaf 52 hätt' i null Chance ghod, obwohl i stellvertretender Kassenprüfer bin. Aaf 47 schaut's scho deitlich besser aus. Allerdings brauchtma a Strategie. I hobma denkt: „Worum wirdma gwählt?" Erste Möglichkeit: Weilma guat ausschaut und de Stimmen vo de Frauen kriagt. I will ehrlich sa: De Möglichkeit scheid' bei mir praktisch aus. Owa es gibt aa andere Strategien. Zum Beispiel konnmase oft an Orte seng lassn, wo viel Leit san, zum Beispiel am Bahnhofsklo. Owa des is aaf Dauer a weng eklhaft.

Ideal is a Bank. Do wirdma nämlich scho vo Weitem mit Namen begrüßt, wos am Bahnhofsklo nicht da Fall is. I hob vor meiner Kandidatur am Monatsanfang 500 Euro abghobn und de hammand's ganze Monat glanga miaßn. Jetza, als Kandidat Nr. 47, hol i mir jedn Dog an Zwanzger, dass mi d'Leit segn. Und jedn

Dog sogn de Bankangestellten: „Grüß Gott, Herr Lauerer!“ Und alle Leit schaun her zu mir und denkanse: „Ah, da Lauerer holt wieder sein Zwanzger!“ Sowos is stimmenmäßig mehr wert als jeds Zeitungsinserat!

Des Gleiche gilt natürlich aa für Geschäfte, weil do san aa etliche Leit drin. In manche san bloß weng drin, owa do geh i dann aa ned eine, weil des bringt ja nix. Extrem guat san Bäckereien am Samstog in da Friah. Do gehts rund! Manchmal is direkt a Stau, und des nutz i natürlich aus. Do konnma beim Ostelln leicht amol a politische Aussage unterbringa. Zum Beispiel hod vorigs Mol, wia i im Semmelstau gstandn bin, der Mo vor mir zu mir gsagt: „No, Herr Lauerer, aa scho unterwegs heit!“ Und i hob de Lage ausgnutzt und hob gsagt: „De Rauschgiftdealer, de daad i alle verraama! Und zwar auf Nimmerwiedersehen! I sog bloß: Rübe ab!“
Wos glaubn Sie, wia de Leit alle gschaut ham! Mit sowos ham de nämlich ned grechnet. Owa i bin mir sicher, dass de mi alle wähln, weil de werdnse denka: „Da Lauerer, den konnma wähln, der raamt aaf mit dem Gschwerl!“
Sowos is mehr wert wia tausend Plakate. Aaf denen schautma ja sowieso meistens aus wia a Verbrecher oder a glatter Depp.

Schlecht is, wenn des passiert, wos mir letztn Samstog passiert is: I geh in d'Bäckerei eine, san 11 Kunden drin. Owa nicht ein Normaler, lauter Kandidaten! Des bringt natürlich überhaupt nix, weil oa Kandidat den andern ned wählt. Do gilt nach wie vor de olte Kandidatenweisheit: „Gscheida is, mei Stimm verfollt, bevorsase a anderer holt!“
Selbstverständlich geh i ned nur in oa Bäckerei. Man muaß scho wechseln, dassma zu mehr Wählern Kontakt kriagt. D'Semmeln hol' i do, d'Brezn durt und Gebäck beim dritten Bäcker. Do konns scho amol passiern, dass mei Familie dahoam a Stund vorm lauworma Kaffä sitzt und aaf mi bzw. aaf d'Semmeln wort. I hobs meiner Frau scho gsagt: „Dua di ned owe, noch da Wahl gibts Frühstück wieder vor elfe!“

Apropos mei Frau: De kafft d'Wurscht immer beim gleichen Metzger! I hob's gfragt, worum sie des duat. „Weil der de beste Wurscht hod!", hods gmoant. Aso ein Schmaarn! Wos nutzt denn mir de beste Wurscht, wenn i ned gwählt werd'? Der konn hundert Mol de beste Wurscht hobn, owa er hod bloß drei Stimmen für mi. Ich brauch aa de Stimmen vo de andern Metzger.
Für a guats Wahlergebnis, do muaßma scho amol a wassrige Weißwurscht oder a fetts Wammerl owedrucka. Erstens gibt's Mogntablettn, und zwoatns sog i allaweil: „Liawa amol den Mogn verrenkt, als eine Metzgerstimm' verschenkt!"

Ja, und dann muaßma natürlich do hi geh, wo de Jugend is. Weil da Jungwähler, der is orientierungslos und wählt den, den wosa kennt. Und drum wor i letzte Wocha in da Disco. Owa i glaub, des hod ned viel brocht. Scho de Preise! Do hod a kloans Cola in Euro mehr kost wia bei uns im Stammwirtshaus a Maß Bier in Mark!
Außerdem wors so finster, dass mi sowieso koaner gseng hod. Und drittens hätts bold an Eklat gebn, weil da Gschäftsführer vo da Disco, a gwisser Ibn Yussuf Ben Salesch, gmoant hod, i bin a Ecstasy-Dealer, wia i mei Bluatdrucktablettn gnumma hob. Also insgesamt gseng: D'Jugend hob i politisch ned erreicht.

I wollt dann im Altenheim vorbeischaun zwecks de Seniorenstimmen. I hob mi am Empfang a weng umgschaut, weil grod neamad do wor. Dann kimmt a Schwester daher und fragt mi, ob i ebba mei Zimmer nimmer find. Also des is doch eine Unverschämtheit! Do willst di als junger, dynamischer Kandidat vorstelln und dann sowos! Wenn des aso is, dann geh i wieder! Dann seng mi holt de Senioren ned. Selber schuld! I wor momentan direkt demotiviert.

A guada Freind vo mir hod gsagt, man muaß heitzudogs an Wahlkampf anderst aafziagn, weilma mir eine Mediendemokratie san. Man muaß wos Spektakulärs mocha. Ebbs, wos neamad erwartet.

Zum Beispiel nockert über'n Stodtplotz laffa. Früher wor des no a Skandal, heit is a Event. I hob lang überlegt, ob i des mocha soll, weil irgendwie is ja doch a weng peinlich. Owa dann hob i mir denkt: „Jede Stimme is wertvoll, grennt wird!"
Und dann howes gmocht: I bin pudelnockert über'n Stodtplotz grennt. Und wenn i ehrlich bin: Es wor gor ned so schlimm, wia i befürchtet hob. Mei, in da Friah um holwe viere san ja aa kaum Leit am Stadtplotz. Genauer gsagt, i hob überhaupt koan gseng. Ob mir de Aktion Stimmen brocht hod, woaß i ned. A gscheide Blasenentzündung hod's mir aaf jeden Fall brocht. I muaß alle 10 Minutn biesln. Owa des is gor ned so schlecht, weil am Klo trifftma allerhand potentielle Wähler.

Man kannt natürlich aa no andere spektakuläre Sachen mocha, owa zum Deppen möcht' i mi wega a poor Stimmen aa ned mocha. I hob inzwischen zwoa Zentn Fleisch und Wurscht in da Gfriertruah und mindestens 100 Semmeln. Des kimmt einfach zamm, wennst täglich bei drei Bäcker und vier Metzger verkehrst. Jeden zwoatn Dog hob i an drumm Rausch, weil i zwecks Stimmenfang stundenlang im Wirtshaus sitz. Vo de Lokalrundn, de wos i schmeiß', will i gor nix sogn!
Und mei Hausarzt moint scho, dass i spinn, weil i dauernd daherkimm, obwohl mir gor nix faahlt. Owa a volls Wartezimmer is natürlich stimmenmäßig hochinteressant.

Wenn des alles nix hilft, dann woaß i aa nimmer.

In da Zeitung hob i glesn, man muaß im Prinzip drei Eigenschaften hobn, dassma gwählt wird: Jung, dynamisch und kompetent! Meine Stammtischbriada sogn, de erfüll' i zwar ned haargenau, owa wenigstens annähernd. Weil i bin dumm, damisch und korpulent. Immerhin!

*Ein Bekannter von mir, ich nenne ihn in der folgenden Geschichte der Einfachheit halber „Sepp“, ist das, was man landläufig einen „gscherten Rammel“ oder auch „Büffl“ nennt. Auf hochdeutsch heißt dies „Mann mit Durchsetzungsvermögen“. Ich dagegen versuche, immer anständig, höflich und bescheiden zu sein. Dies heißt auf hochdeutsch „Weichei“ oder auch „Idiot“. Der Unterschied zwischen uns beiden äußert sich in vielen Lebensituationen, zum Beipiel auch beim*

# Autokauf

## Sepp kauft ein neues Auto

*Sepp:* Hä, Schäf! Is des Wrack do no fahrtüchtig?
*Händler:* Also hörn's amol! Des is a Neuwagen!
*Sepp:* Wos kostn de Kistn?
*Händler:* 24.480!
*Sepp:* I wollt's in Euro wissen, ned in Schilling!
*Händler:* Äh ... wos? D... des san Euro!
*Sepp:* Also nacha, pfiat di!
*Händler:* Jetza wartens holt! Wos hoaßt do „pfiat di“? Hams Interesse an dem Auto?
*Sepp:* I wollt aaf mei Frage an Preis hörn und koa Verarschung. 24.000 is doch a Witz!
*Händler:* Eigentlich hob i 24.480 gsagt, ned 24.000!
*Sepp:* Des aa no! I glaub, di hamma nimmer lang. Du muaßt ja spinna. Is des a Autolodn oder a Apothekn? Also, wia gsagt: Pfiat di!
*Händler:* Äh ... M ... Moment! Also guat, weil's Sie san: 24.000 Euro grodaus. Owa do san fei scho Prozente mit eigrechnet. Do konn i koan Cent mehr nochgebn.
*Sepp:* Schau i vielleicht aus wia a Scheich? I konn doch koi 23.000 Euro für a Auto ausgebn. Mei Olte draaht durch, wenn i ihr sog, dass i aso a deiers Auto kafft hob!

*Händler:* Ned 23.000! I hob gsagt 24.000. Owa dafür daad i Eahna no Fußmattn eine und a Warndreieck!
*Sepp:* Dei Warndreieck konnsta an Huat stecka. Sechane hob i drei dahoam!
*Händler:* Dann vielleicht an Verbandskasten?
*Sepp:* Hob i fünf!
*Händler:* Ja, owa i konn mit'n Preis nimmer owageh! I kannt höchstens, owa des muaß unter uns bleibn, aaf 23.500 Euro reduziern. Des waar owa dann a einmalige Sach'. Und wia gsagt, des miaßert unter uns bleibn.
*Sepp:* Hä Mo! Jetza lassma amol de Scherze und schmatzma vo Mann zu Mann: I hob 20.000 bar im Hosnsog. De konnst hobn für den Korrn. Owa keinen Cent mehra. Für des Göld muaß er natürlich volltankt sa. Und Fußmattn, Warndreieck und Verbandkasten sowieso. Weil do konnma nie z'vül hobn!
*Händler:* Wos??? 20.000 Euro? Des is ned zum mocha! Naa, des ned! Do zohl i ja draaf ! Bei aller Freindschaft, des geht ned.
*Sepp:* Okay. Wenns ned geht, dann gehts ned. Nacha trog i holt mei Göld woanders hi. Mir is ja des wurscht, wer de 20.000 kriagt. Hauptsach', i hob's los. Also, servus nacha!
*Händler:* Jetza wortns holt! I hobs im Kopf nomol durchgrechnet: Songma 22.000 Euro! Owa dann is Schluss, weida konn i nimmer. I muaß aa leben. I hob drei Kinder, an Hund, a grantigs Wei und a Mogngschwür.
*Sepp:* Nacha brauchst eh ned sovül essn! Owa i will ja ned aso sa: Pass aaf, i hob 20.000 Euro im Hosnsog und 200 im Göldbeitl. De 200 sollst aa no hobn, du Geier, du elendiger. Schlog ei!
*Händler:* Guada Mo, i hob 12 Beschäftigte!
*Sepp:* Wos? Dann muaß ja dei Gschäft super laffa, wennst du 12 Leit zohln konnst. Dann kanntma doch bei 20.000 bleibn.
*Händler:* Jetza amol ohne Witz: I konn scho rein theoretisch ned unter 21.500 Euro geh, weil mi des Auto selber scho 21.500 kost. I konn doch ned draafzohln!
*Sepp:* Okay, des leicht mir ei. I will ned unverschämt sei: Songma 20.400 und da Kaas is gessn!
*Händler:* 21.600 ! Und a Warndreieck!

*Sepp:* 20.500! Und a Warndreieck, Fußmatten und Verbandskasten. Volltankt sowieso!
*Händler:* 21.300 und an Gutschein für a Schnellwäsche!
*Sepp:* 20.600, volltankt, Fußmatten, Warndreieck, Verbandskasten. Mei letzt's Wort. Ja oder naa?
*Händler:* Des is mei Ruin!
*Sepp:* Des is mei Ernst!
*Händler:* In Gotts Nam'! Verkafft für 20.600. So Kunden wia Sie wenn i mehr hätt', dann kannt i zuasperrn!
*Sepp:* Omei, Schlawiner seid's alle mitanand. I bin einfach zu nachgiebig. Des is mei Fehler! Servus nacha!
*Händler:* Wiederschaun! Dankschön!
*Sepp: Grinsend:* Keine Ursache!

## Toni Lauerer kauft ein neues Auto

*Händler:* A wunderbars Auto, gell, Herr Lauerer?
*Toni:* Äh ... ja, wunderbar. Des is nei, gell?
*Händler:* Ja, a Sonder-Edition. De gibt's bloß vier Wocha lang. A direkts Schnäppchen!
*Toni:* A geh! Wia deier daad nacha des Schnäppchen kemma?
*Händler:* Deier? Des Auto is ned deier, Herr Lauerer. Des is spottbillig!
*Toni:* Aso. Wia billig daad nacha des Auto kemma?
*Händler:* Normal 24.900 Euro. Des is scho a Sonderpreis! Owa, Herr Lauerer, Sie san a guada Kunde: Wenn Sie mir versprecha, dass des unter uns bleibt, dann kannt i Eahna des Fahrzeig für 24.480 Euro überlassen! Owa: Pssst! Des muaß unter uns bleibm, weil sunst kimm i in Teufels Küche, wenn des a anderer hört!
*Toni:* I sogs koan, ehrlich! Dann daadn Sie mir do 420 Euro nochlassn?

*Händler:* Weil Sie a guada Kunde san und weil Sie mir am Herzen liegn. A anderer hätt' koa Chance, owa treue Kunden ham bei mir an gwissn Bonus.
*Toni:* Des find i fei nett vo Eahna!
*Händler:* Mei, i bin aso. Do konn i nix mocha. Obwohl mei Frau oft zu mir sagt: Johann-Baptist, du bist zu weich!
*Toni:* Mei, de Frauen! De san hirter wia mir, des sog i scho allaweil.
*Händler:* Herr Lauerer, do ham Sie recht!
*Toni:* Owa, nix für unguat, i moin, verstenga's mi ned falsch, owa 24.480 Euro is fei aa no a Haffa Göld. I moin bloß. Sie kinnan ja nix dafür.
*Händler:* Herr Lauerer! Unter 25.000 kriagn Sie in da heitigen Zeit vielleicht an zwielichtigen Gebrauchten oder an neia Trabant ohne Sonderausstattung. Owa für a echts Auto san heit 30.000 Euro aufwärts die Norm!
*Toni:* Aso! Ja dann ...
*Händler:* I sogs Eahna ganz ehrlich, vo Mann zu Mann: Wenn Sie mir für des Auto 24.480 Euro zohln, dann verdien i 300 Euro dran.
*Toni:* Ehrlich? Bloß 300?
*Händler:* Beim Leben vo meiner Schwiegermuada: 300 Euro, koa Markl mehr! Und vo irgendwos muaß i ja leben.
*Toni:* Is scho klar. I hob ja bloß gmoant, dass des vül Geld is. Es wor ned persönlich gega Sie gricht.
*Händler:* Naa, do brauchans Eahna nix denka, Herr Lauerer. I bin Eahna wega dem ned bös'! Owa Sie wissen ja, wia des is: Grundsteier, Gewerbesteier, da Strom, 's Personal, mei Porsche, alles kost a Geld!
*Toni:* Do ham Sie recht. Alles kost a Geld!
*Händler:* Wissen's wos, Herr Lauerer? I kannt, owa nur, weil's Sie san, um 150 Euro owageh aaf 24.330 Euro. Owa Sie miaßn mir schwörn, dass des kein Mensch erfahrt.
*Toni:* I schwör's Eahna. I daad's mit ins Grob nehma!
*Händler:* Okay. Dann mochma's aso. I muaß's holt dann no mein Sohn erklärn.

*Toni:* Wieso Eahnan Sohn?

*Händler:* Noja, er is 12 Johr olt und fohrt heier's erstemol am Schikurs. I hob eam aaf Weihnachten neie Schi versprocha. Des geht holt jetza nimmer mit dem Dumpingpreis. Owa Kinder vergessn ja so Enttäuschungen schnell. Des soll ned Eahna Problem sa, Herr Lauerer.

*Toni:* Um Gottes Willn! Des möcht' i aaf keinen Fall, dass des Kind ohne Schi schifohrn muaß. Naa, 24.480 is scho in Ordnung.

*Händler:* Moanan's, Herr Lauerer? Waarn 24.480 für Sie akzeptabel?

*Toni:* Sowieso! Bleibt dann no wos übrig für de Schi? Weil wenn ned, i kannt aa no an Hunderter draaf legn, notfalls.

*Händler:* Naa, Herr Lauerer, passt scho! Mit 24.480 Euro kimm i scho hi. I will ja ned reich werdn. I will bloß, dass meine Kunden zufrieden san. Also, ausgmocht? 24.480 Euro und des Auto ghört Eahna!

*Toni:* Ausgmocht! Dankschön!

*Händler: Grinsend:* Keine Ursache!

# Der Glückwunsch

*A:* Ja, hallo?

*B:* Ja servus! Herzlichen Glückwunsch zum Geburtstag! Aa vo da Hildegard! Vor allem Gsundheit!

*A:* Ja, owa, i hob heit gor ned Geburtstag.

*B:* Ned? Sollt' i mi aso deischt hom? Is denn heit ned da 19. März?

*A:* Scho, der is scho heit.

*B:* Also nacha! Dann host de du deischt und ned i!

*A:* Owa i hob trotzdem ned Geburtstag heit!

*B:* Owa Josefi is doch am 19. März! Oder ebba ned?

*A:* Scho, Josefi is heit.

*B:* Segstas! Alles Guade zum Geburtstag! Vor allem Gsundheit. Aa von da Hildegard! Und, wird gscheit gfeiert heit?

*A:* Worum sollt' i feiern? I hob doch gor ned Namenstag!

*B:* Namenstag? Des is scho klar! I moin ja aa Geburtstag und ned Namenstag. Jetza hättst mi bold ins Schleidern brocht, du olter Schlawiner! „Namenstag“ sagta, der Hundling, obwohl er Geburtstag hod. Aso a Baraber! Also, herzlichen Glückwunsch! Alles Guade, vor allem Gsundheit!

*A:* Ja, Mensch Meier! I hob heit ned Namenstag und i hob heit ned Geburtstag! I hob heit gor nix!

*B:* Gor nix?

*A:* Überhaupt nix! Null!

*B:* Hmm. Des is natürlich dann ziemlich weng. Des is fei komisch. Nacha is mei Notizkalender dodal falsch.

*A:* Wieso Notizkalender? Wos für a Notizkalender?

*B:* Weil in mein Notizkalender steht heit drin: „Alois Geburtstag.“ Sogor rot unterstricha!

*A:* Des mog scho sa. Owa i hoiß doch gor ned Alois. I hoiß Karlheinz.

*B:* Wos? Jetza derfst owa aafhörn! Ganz bläd bin i fei aa ned! Seit 20 Johrn sog i Alois zu dir. Und jetza kaamerst du daher und sogerst, dass du Karlheinz hoißt. Jetza wird's hint höher wia vorn!

Verarschn brauchst mi fei ned. Des derf i da Hildegard gor ned sogn, sunst is beleidigt. De wird fei sofort sauer, wenn de verarscht wird!

*A:* Ja song's amol! I kenn Sie doch gor ned. Und Eahna bläde Hildegard aa ned.

*B:* Mo ... Mo ... Mooooment! Mei Hildegard is zwar ned de allerschlauer, owa „bläd" brauchsta's du ned hoißn! Du ned! Weil dei Erna hod d'Weisheit gwies ned mit'n Löffl gfressn!

*A:* I bin doch gor ned verheirat!

*B:* Ja frale! Des daad dir aso passn! Dei Erna wird dir scho bleibn, de bringst nimmer los!

*A:* Ja, zenalln, wer is denn überhaupt dran?

*B:* No, i bins, da Sulzmeier Franz. Seit wann samma denn mir zwoa per Sie? Also Alois, i glaub, du hostas nimmer alle!

*A:* Ja bluatsauerne Mare! I hoiß Karlheinz, ned Alois! Spinnen Sie oder wos?

*B:* Hörausch, ned so gaach! Jetza muaß i amol dumm frogn: Is do ned da Dobler Alois dran?

*A:* Naa, der is ned dran. Do is da Karlheinz Linser. I hob weder Geburtstag noch Namenstag noch a Erna, dass des klar is!

*B:* Ja gibt's des aa! Und i wollt'n Dobler Alois alles Guade wünschen. Vor allem Gsundheit. Aa im Nam' vo da Hildegard.

*A:* Des duat mir zwar leid, owa i bins ned. Wirklich ned!

*B:* Ja guat, dann holt ned. Owa oans daad mi jetza scho interessiern.

*A:* Wos nacha?

*B:* Worum songs denn des ned glei?

*Kinder sehen die Welt mit ganz anderen Augen. Ein ganz besonderes Erlebnis ist für jedes Kind*

# Der erste Schultag

Heute war mein erster Schultag. Gleich wie ich in der Frühe aus der Haustüre hinausgegangen bin, hat mein Vater gesagt: „Bürscherl, ab heute waaht ein anderer Wind!“
Aber das ist ein Schmarrn, weil es wehte der gleiche Wind wie immer.
Wir sind mit dem Auto in die Schule gefahren, weil im Schulbus hätten mir die großen Kinder bestimmt meine ganze Schultüte zerdätscht.
In der Schultüte hatte ich viele schöne Sachen: einen Gejmbeu, eine FC-Bayern-Unterhose, ein Computerspiel „Horror für Kinder“ und zwei CD's, eine von Benjamin Blümchen und eine von den Toten Hosen. Zum Essen war auch etwas drin, nämlich fünf Schokoriegel und ein Cola Leit, damit ich nicht zu wampert werde, weil meine Mama sagt, da habe ich eine Veranlagung vom Vater.

Mein Vater hat gesagt, dass ich gar nicht weiß, wie schön ich es habe. Wie er in die Schule gekommen ist, waren in seiner Schultüte nur fünf Äpfel und ein Paar Wiener drin, sonst nichts. Aber das ist ganz lange her. Mein Vater ist nämlich schon 1969 in die Schule gekommen, und ich glaube, da gab es noch Saurier, und Robin Hood war Bundeskanzler. Die Leute waren dodal arm und hatten nicht einmal ein CD-ROM-Laufwerk.

Um halb acht Uhr sind meine Eltern und ich bei der Schule angekommen, und alle Parkplätze waren voller Autos. Mein Vater hat geschimpft, weil jeder Hanswurst mit dem Auto in die Schule fährt, sogar die Lehrer. Dann hat er vor lauter Zorn unser

Auto in der Feuerwehrzufahrt geparkt und gesagt: „Es wird schon nicht akkrat heute brennen!"
Wir sind zur Pausenhalle gegangen, weil da treffen sich alle neuen Schüler, auch die weiblichen Mädchen.
Ein großer Bub, vielleicht von der vierten Klasse, ist an mir vorbeigegangen und hat gesagt: „Servus, Gortnzwerg!" Da habe ich zu ihm gesagt: „Du bist dümmer wie ein Pfund Salz!", und er konnte nichts machen, weil meine Eltern dabei waren.

In der Pausenhalle habe ich viele getroffen, mit denen ich im Kindergarten war, auch die Julia, die wo mir sehr gut gefällt, aber ich sage es ihr nicht, weil es peinlich ist. Einige Kinder haben geweint und manche gelacht. Die meisten haben bloß dumm geschaut. Dann ist es staad geworden, weil ein Mann eine Rede gehalten hat. Er hat gesagt, dass er „Rektor" heißt, fast wie der Hund von unserem Onkel, der heißt „Hektor". Der Mann hat uns begrüßt und gesagt, dass wir jetzt Schulkinder sind. Und dann hat er gesagt, dass er uns heute etwas mit auf den Weg geben möchte. Ich habe gedacht, es ist ein Eis oder ein Lutscher, aber es war ein Rat. Er hat uns den Rat gegeben, daran zu denken, dass man als Schulkind nicht mehr machen kann, was man will.
Zum Beispiel geht man nicht aufs Klo, wenn man muss, sondern wenn man darf. Und essen tut man nicht, wenn einen hungert, sondern wenn Pause ist. Wie er das gesagt hat, sind mir meine fünf Schokoriegel eingefallen und ich habe gerufen: „Ist jetzt Pause?" Da hat er ganz böse geschaut und gesagt, dass man als Schulkind nicht einfach in der Gegend herumplärrt. „Aber das ist ja eine Pausenhalle, keine Gegend!", habe ich gesagt.
Aber er hat nicht nachgegeben und befohlen, dass man sich vorher meldet, wenn man etwas sagen will. Ich habe mir gedacht: „Das geht ja gut an!"
Wie der Rektor mit der Rede fertig war, haben alle geklatscht, bloß ich nicht, weil er mir keinen Schokoriegel vergunnt hat.
Danach mussten wir in unsere Klassenzimmer gehen und Papa und Mama draußen warten.

Ich kam in die Klasse 1b, und unser Lehrer hat seinen Namen auf die Tafel geschrieben. Wir haben geschaut wie ein Singerl, wenn's blitzt, weil wir noch nicht lesen können. Ein Bub ist in unserer Klasse, der war schon ein Jahr lang in der 1b, aber der kann auch nicht lesen.

Gott sei Dank hat der Lehrer seinen Namen vorgelesen, und er heißt Petermann. Dann hat er uns gefragt, wie wir heißen, und jeder hat ein Schild gekriegt, wo der Name draufstand. Wir haben in der Klasse drei Stefan, drei Florian, zwei Kai, einen Alois und keinen Josef, aber dafür haben wir einen Yussuf und zwei Pjotr. Leider sind auch Mädchen dabei, und gleich vier heißen Jennifer. Die Julia, die wo mir gefällt, geht nicht in meine Klasse, und das ist zwider.

Als wir alle auf dem Platz gesessen sind, hat der Lehrer gefragt, wer etwas sagen will, und es haben sich gleich sechs gemeldet. Vier mussten aufs Klo, einer hat gefragt, ob ein Fernseh da ist, und einer hat gesagt, er hat sich aus Versehen gemeldet. Dann durfte sich jeder vorstellen und seine Hobbies sagen. Fast alle haben als Hobby Fernsehschaun, nur Yussuf nicht. Sein Hobby ist Schifferklavier spielen, und er sagte: „Mei Quetschn is mei Freid!" Ein Mädchen, das wo Berta Soraya heißt, hat als Hobby „essen" und man sieht es.

Danach hat uns der Lehrer noch gefragt, was wir werden wollen. Die meisten Buben wollen Fußballer werden oder Millionär, die Mädchen Model oder Luder. Yussuf will Gstanzlsänger werden oder Herrgottschnitzer.

Auf einmal war Pause. Man hat es gleich gemerkt, weil ein Gong gegongt hat. Der Lehrer hat gesagt, dass wir jetzt hinausgehen dürfen und etwas essen und trinken, und wenn der Gong wieder gongt, müssen wir wieder hereinkommen. Eine von den vier Jenniferen hat geweint, weil sie in der Pause essen und trinken muss, obwohl sie überhaupt nicht hungert und dürstet.

Da hat der Lehrer gesagt: „Omei, du Schaferl! Du kannst esen und trinken, aber du musst natürlich nicht!"
Da hat sie sich sehr gefreut und ist vor lauter Freid gleich zum Bieseln.

In der Pausenhalle haben schon meine Eltern auf mich gewartet und mich gefragt, wie es war. Ich habe gesagt „geht schon" und meine Schokoriegel aus der Schultüte gegessen. Dann war die Pause aus und mir schlecht.
Aber Gott sei Dank hat danach die Schule nicht mehr lang gedauert, weil ich war ganz schön käsig, und wie der Lehrer gesagt hat „bis morgen", war ich voll froh.

Beim Hinausgehen habe ich mir gedacht, dass die Schule ziemlich langweilig ist, aber dann wurde es doch noch lustig. Weil unser Auto war abgeschleppt, und mein Vater ist herumgehüpft und hat geschimpft wie ein Wilder. Er hat gesagt, dass alle Mörder frei herumlaufen, weil sie die Polizei nicht derwischt. Aber einem anständigen Menschen sein Auto abschleppen, das kann sie!

Das war mein schönstes Erlebnis am ersten Schultag.

# A Mo wird 50

In da Nacht muaßt dreimol biesln,
de Hoor, de wos'd no host, wernd grau,
da Zahnersatz lockertse beim Fieseln,
beim Rasnmaahn schwitzt wia a Sau.

Obwohl dei Bandscheibn nimmer wüll
bemühst di um an flottn Gang.
Und trinkst amol a poor Maß zvül
bist mindestens drei Dog sterbnskrank.

Du muaßt wia a Walfisch blosn
beim Wandern zwecks de schwaara Fejß,
und sogor bei da Jogginghosn
brauchst schee staad a Zwischngrejß.

Jedn Dog muaßt Bluatdruck messn
mit dein AOK-Gerät,
du sollterst nimmer so fett essn,
am gscheidern waar a Null-Diät.

Schaust an junga Deandl nache
in ihran kurzn Minirock,
na moinst: „Des waar a feine Sache!"
Und sie denktse: „Olter Bock!"

Du host a Jeans, weil des wirkt fesch,
a Baseball-Kappl aaf dein Hirn,
doch drunter a Angora-Wäsch,
sunst hods di wieder an de Niern.

Owa aaf da andern Seitn
bist mit 50 Johrn no ned olt.
Ab 50 kemmand no scheene Zeitn,
de meistn Schuldn, de san zohlt.

Du konnst jetza's Lebn genießn,
weil du bist a reifer Herr,
aa wenn d'Hoor nimmer aso sprießn,
dafür host du koi Pickel mehr.

Dir gehts besser wia de meistn,
du bist zwar koa Millionär,
doch wos du brauchst, des konnst da leistn,
wos will a Mensch wia du no mehr!

Wenns „Opa" sogn, de junga Noan,
des soll di überhaupt ned störn.
Weil du, du bist scho 50 worn
und de, de wissnd gor ned, obse's wern!

## Heißhunger

Wenn a lange Fastenperiode ume is, dann woaßma erst wieder, wia guat dass a Stückerl Wurscht schmeckt. Des denk i mir jeds Johr, wenn de grausama 24 Stund Aschermittwoch überstandn san.

## Freibad

Jetza moch i extra scho seit drei Monat a Fastenkur, dass i zu da Eröffnung vom Freibad a knackige Figur hob. Owa wenn i seg, wos i bisher ognumma hob, dann derf's Freibad heier vorm 1. November ned aafmocha.

## Berchinger Rossmarkt

Da Rossmarkt in Berching is weit und breit bekannt. Do konnma Politiker oschaun und Rösser kaffa. Des is scho wos einmaligs, weil Rösser oschaun und Politiker kaffa, des konnma fast überoll.

## D'D-Mark is weg

Do jammerns alle, weil unser guade, olte D-Mark weg is: „Omei, unser brave D-Mark! Unser solide D-Mark!" Mir is des wurscht. Wos mir allerdings zum Denka gibt, des is da Blick in mein Geldbeitl. Do wenn i eineschau, dann hob i des Gfühl, dass da Euro aa scho wieder weg is.

## Faschingsmuffel

I hass' de Maskenbälle. I woaß nie, als wos i do higeh soll. Als Cowboy, als Seemann, als Indianer? Im Prinzip is alls a Schmarrn. Gwiss woaß i bloß, als wos i hoamgeh: Als Allerester!

## Unser Fast-Tag

Mir mochma manchmal dahoam ganz spontan an Fast-Tag. Erstens gfollt uns des unbandig, und zwoatens soll aso a Fast-Tag gsund sa. Vor allem d'Kinder hamm de größte Freid. Do gibt's dann Hamburger, Cheeseburger, Pommes, Cola. Fast-Food holt.

## Festplatte

I hobs da Oma scho so oft gsagt: „Schenk de Kinder a Geld zum Geburtstag, dann kinnans kaffa, wos wolln." Owa naa, sie sagt, sie schenkt wos Persönliches. Und wos kimmt dann aussa dabei? A Schmarrn! Sie hod nämlich zufällig ghört, wia da Bua gsagt hod, er braucht dringend a neie Festplattn. Dann hods eam a silberne Servierplattn gschenkt. Er hod fast gflennt und gsagt, dass er eigentlich a Festplattn wollt, und sie hod gsagt: „De Plattn konnma für jeds Fest hernehma!"

## Verwechslung

Glaubst, i bin so zerstreut! I verwechsl in letzter Zeit alles. Eigentlich wollt i 10 Kilo weghaun und mir a poor flotte Hosn zualegn. Jetza hob i a poor Kilo zuaglegt und konn meine 10 Hosn weghaun.

## 5 Pfund

In da Zeitung is gstandn, dassma in London 5 Pfund los is, wennma bloß zwoa Stunden parkt. Des is ja ganz guat. Do fohr i hi und park 24 Stund, dann hob i mei Idealgwicht.

## Im Gartencenter

*Sie:* Schau her, Heinz, wos i für schöne Blumen kafft hob! Des wird ein Traum heier in unserm Gortn!
*Er:* Ach, du mit deine Blumen! I hob mi um de wichtigen Sachen kümmert. Do schau, wos i hob: Radieserlsamen, Gurkapflanzn, Tomatnpflanzn, Porree. Mmhhh, des wird wos feins!
*Sie:* Also, du denkst nur ans Essn!
*Er:* Mensch, guat, dassda's sagst! Jetza hätt' i glatt d'Getränke für's Gortnheisl vergessn!

## Schneckenkorn

I hob noch mehreren Versuchen festgstellt, dass Apfelkorn gega Schnecken besser hilft als Schneckenkorn. Wennma ausreichend Apfelkorn trinkt, san zwar d'Schnecken ned hi, owa dodal wurscht.

## Kaltes Frühjahr

Des kolte Frühjohr heier hod an großn Vorteil: I hob in mein Gmiasgortn noch nicht einen Schneck gseng. Es hod owa aa an Nachteil: I hob in mein Gmiasgortn überhaupt no nix gseng.

## Handystrahlen

Do wird vo de Fachleit allaweil diskutiert, ob Handys Strahlen verursachen. Ja selbstverständlich verursachen Handys Strahlen. Do brauch i doch koa Fachmann sei, des seg i als Laie aa. Sogor in da eigenen Familie. Wos glaubns, wia mei Sohn gstrahlt hod, wia er a Handy kriagt hod.

## Harry Potter

*Kare:* Gestern wor i aaf an Maskenball!
*Sepp:* Und? Wor wos geboten?
*Kare:* Mei, a Haffa Masken holt.
*Sepp:* Logisch. Als wos worst nacha du do?
*Kare:* Harry Potter!
*Sepp:* Oläck! Wo host nacha des Kostüm herghod?
*Kare:* Kostüm hob i koans ghod.
*Sepp:* Aso a Schmarrn! Wennst koa Kostüm ghod host, wieso worst dann da Harry Potter?
*Kare:* Weil'n ganzn Abend mei Besn neba mir gsessn is.

## Heimspiel

Jetza ham d'Psychologen aussagfuna, dass Fußballer beim Heimspiel besser san, weilma in heimischer Umgebung viel sebstbewusster is und deswegn so richtig higlangt. Des mog scho sei, wos'n Fußball betrifft. Beim Essn is grod umkehrt. Do wenn i eiglodn bin, dann glang i auswärts so richtig hi, weil's nix kost.

## Klobrille

Gestern hob i im Wartezimmer vom Zahnarzt a Frauenzeitschrift glesn, weil de oanzige Sexzeitschrift a Anderer glesn hod. Und in dera Frauenzeitschrift is a Artikel dringstandn, der hod ghoaßn: „Die zehn Todsünden der Männer – Was Ehefrauen am meisten nervt."
Ganz vorn in da Nerv-Hitparade is gstandn: „Es ist furchtbar, wenn Männer im Klo die Brille nicht hochklappen." Aso a Schmarrn! Wenn i im Klo mei Brille hochklapp, dann konn i ja d'Zeitung nimmer lesn.

## Erfinder

*Sohn:* Papa, in da Schul hod da Lehrer gsagt, mir kanntma bei dem Wettbewerb „Jugend forscht“ mitmocha. Do konnma wos gwinga. Moinst, i soll?
*Papa:* Auf jeden Fall, Oleander! Es gibt nix scheeners für an junga Menschen, wia wenn er wos erfind. Da Erfindungsgeist, da Drang noch Erfindungen, der hod d'Menschheit scho immer weidabrocht.
*Sohn:* Ehrlich?
*Papa:* Hundertprozentig. I wor ja in da Schul bekannt als großer Erfinder. I hob praktisch jeden Dog wos erfundn.
*Sohn:* Wahnsinn, Papa! Jeden Dog? Ja, wos host denn dann do erfundn?
*Papa:* A Ausrede, worum i d'Hausaufgab' ned gmocht hob!

## Kultur

*Kare:* Gestern hob i glesn, dass unser Volksfest a Kultur is.
*Sepp:* A geh!
*Kare:* Wennada's sog! Do kaaf i mir im Bierzelt glei a Maß mehra wia sunst. Weil a Kultur hod no nie koan gschod'!
*Sepp:* Im Gegenteil! Kultur konnma nie z'vül hom!
*Kare:* Eben!

## 2. 2. 2002

A weng abergläubisch is a jeder Mensch, i aa. I hob am zwoatn zwoatn zwoatausendzwoa um zwoa noch zwoa zwoa Lottoscheine ogebn. Und tatsächlich: Am Samstog draaf wor's soweit: I hob zwoa Richtige ghod!

## Katastrophe aus dem All

Irgendwann in da Zukunft kimmt angeblich a Katastrophe aus dem All, und dann is alles ume. Wos hoißt irgendwann? Bei uns kimmt de Katastrophe täglich vom Weltall ins Wohnzimmer! Als Talkshow vom Satellitenfernsehen.

## Mischvolk

Archäologen hammand durch Ausgrabungen aussagfuna, dassma mir Bayern ein Mischvolk san. Des hob i zerst aa scho gwisst, weil i des jeden Dienstog in mein Stammlokal seg: Do wird an fünf Tisch Kortn gspült. Nur vo Bayern! Wos glaubns, wia de mischn!

## Moderne Zeiten

*Sepp:* Do segtmas wieder, wiase de Zeitn ändern! Gestern hob in da Zeitung a Statistik glesn über de beliebtesten Vornamen in Deitschland. Do wor „Naomi“ ganz vorn dabei.
*Kare:* Wos?
*Sepp:* Naomi!
*Kare:* Is des aa a Nam’?
*Sepp:* Heitzudogs scho. Zu unserer Zeit wors no koana. Do hodma na Omi gsagt, wenn d’Großmuada gfragt hod, obma a Busserl wüll.

## Relativ

Alles is relativ. Bei de Tarifverhandlungen vo de Gewerkschaften san 1,5 Prozent relativ weng. An Freind vo mir hamms mit 1,5 Promille dawischt, des wor scho relativ vül.

## Unfair

*Polizist:* Sie san 140 Stundenkilometer gfohrn. Und des in da Kurvn! Wissns, wos do fällig is?
*Fahrer:* Naa. Wos isen fällig?
*Polizist:* 100 Euro san do fällig!
*Fahrer:* 100 Euro bloß? Na guat, her damit! Owa unfair is des scho. Wenn i bedenk, wos da Michael Schuhmacher kriagt, san 100 Euro deitlich z'weng!

## Weiberfasching

Mei Freind wor in Köln am Weiberfasching. Er hod gsagt, des konnmase ned vorstelln, wennmas ned gseng hod. De Weiber, sagta, total besoffen. Und so aufdringlich! De dappan di überoll o, sagta. Denen is nix peinlich. Und vo da Moral will er gor nix sogn. De kennan keine Grenzen. Direkt eklhaft. „Was sagst do du dazua?", hod er mi gfragt.
Mei, wos soll i do sogn? I hob gsagt, wenn er wieder aaf Köln fohrt, dann fohr i mit.

## Das Autogramm

*Fan 1:* Herr Lauerer, kannt i a Autogramm hom?
*Lauerer:* Ja selbstverständlich! Bittschön!
*Fan 1:* Dankschön! Wiederschaun!
*Lauerer:* Gern gscheng! Pfüat Gott!
*Fan 2:* Kannt i aa oans hom?
*Lauerer:* Gerne! Bittschön!
*Fan 2:* Kanntns draafschreibn „für die liebe Helga"? Des is de blonde Dame do hintn.
*Lauerer:* Ah! De mit dem rotn Kleidl?
*Fan 2:* Genau de!

*Lauerer:* Des is ebba Eahna Mutter?
*Fan 2:* Naa, mei Frau!
*Lauerer:* Aso! Bittschön, gern gscheng!
*Fan 2:* Dankschön! Wiederschaun!
*Lauerer:* Schönen Gruaß an d'Frau!
*Kind:* Herr Lauerer! Derf i amol wos frogn?
*Lauerer:* Ja frale. Wos möchst denn wissen?
*Kind:* Hamm Sie viele Autogramme dabei?
*Lauerer:* Jaja, viele!
*Kind:* Ganz viele?
*Lauerer:* Ganz, ganz viele. Möchst ebba aa oans?
*Kind:* Ja, vo da Britney Spears!

## Zecken und Kinder

Gestern hob i glesn, dass a Zeckenschutzimpfung gibt für Kinder. Do is scho lang Zeit worn. Weil de Kinder, de wenn wos wolln und du kaffsta's ned, de san wia de Zecken. I hob bloß no ned gwisst, dassma's dagegn impfa lassn konn.

*Manche Männer feiern ihn gar nicht, manche feiern ihn sehr gepflegt und manche feiern ihn sehr ausgiebig, den*

# Vatertag

*Fonse:* Heinz, hicks, du bist holt a echter, hicks, Freind! Mit dir mochts richtig Spaß, den Vatertag zu feiern. Prosit, hicks! Aaf uns zwoa, hicks!
*Heinz:* Prostata, Fonse! I find, oamol, hicks, oamol im Johr ghörtsase, dassma den Vatertag mit an guatn Kumpl und a poor ge-hicks-pflegte Weißbier ssselebriert. Find, hicks, i.
*Fonse:* Owa ehrlich! Wos hod denn a Voda 's ganze, hicks, Johr vom Leben? Nix, hicks, als Stress! Das Wei an sich hod kein Verständnis, de Kinder saugn oan aus bis aaf's, hicks, Bluat. Du opferst di als Voda praktisch aaf, und wer dankts, hicks, dir? Ich frage dich: Wer?
*Heinz:* Keine Sau!
*Fonse:* Des konnst du laut sogn! Kei-ne-Sau! Und drum solltma den Vatertag hochhalten und ernstnehmen und, hicks, gscheit feiern. Mit Anstand, Würde und, hicks, mehrere Weißbier! *Mit erhobenem Zeigefinger:* Ich be-hicks-tone: M ... m ... mehrere!
*Heinz:* Meine Meinung! Und oans is aa, hicks, klar: A gscheide Nierenspülung hod no koan ned gschadt. Des sagt mei Hausarzt, und der Mo is nicht bläd! Wos sagst do du?
*Fonse:* Mei, i, hicks, kenn den Mo nicht.
*Heinz:* Naa, i moin, allgemein. Wos du zu da Nierenspülung mit Weißbier sagst!
*Fonse:* Hähähähä, hicks! Prost Heinze, olter Freind und Spargelstecher! Da Vatertag, des is unser Dog! Do konn kemma, wos will, hicks.
*Heinz:* Wos will! Hicks. Die Leistung eines Voders wird dodal unterschatzt! *Weinerlich:* Mei Voda war aa a feiner Mann!
*Fonse:* Dei Voda lebt doch, hicks, no!

*Heinz:* Aa ja, genau! Owa trotzdem: Ein feiner Mann! Und sowos wird unterschatzt!
*Fonse:* Owa dodal!
*Heinz:* Worum hod denn da Mo eine geringe Lebenserwartung, hicks? Weil er raucht und safft?
*Fonse:* Ge-hicks-nau!
*Heinz: Empört:* Eben nicht!
*Fonse:* Nicht?
*Heinz:* Naa! Weil er einen unmenschlichen, hicks, Stress hod! Des is de Ursache. Des bringt den Mann ins Grob. Der unmenschliche Stress, hicks! Nur der!
*Fonse:* Unmenschlich! De Verantwortung für de Familie, für d'Frau, d'Freindin und nicht, hicks, zu vergessen, de Kinder, des mocht oan kaputt. Do wirst du aufge-hicks-rieben! Und wer dankts dir?
*Heinz:* Keine Sau!
*Fonse:* Jetza hostas gsagt. Ned oane! Des oane sog i dir: Der, hicks, der wos den Vatertag erfundn hod, der hod a Hirn ghod. Der hod des genau erkannt, dass der, hicks, Vater an sich einen Dog im Johr braucht, do wo er sogn konn: „Leckts mi alle kreizweis am Orsch!" Um es amol, hicks, salopp auszudrücken.
*Heinz:* Fonse, Kompliment! Du konnst des in wenigen Worten dermaßen, hicks, prägnant ausdrucka, dassma's sofort kapiert. Kompliment! I daad sogn: Es is direkt eine Erholung, wennma oamol im Johr sei Ruah hod. Oder, hicks, ebba ned?
*Fonse:* Genau aso is, hicks, Heinz! Zum Wohl, ein Zwischenprost! Aaf alle geplagten Väter dieser Welt!
*Heinz:* Aaf alle! Prösterle! Du, hicks, Heinz, eine Frage: Wia lang feierma mir zwoa eigentlich scho den Vatertag mitananda?
*Fonse:* Seit achte in da, hicks, Friah!
*Heinz:* Naa! I moin insgesamt. Du, i glaub, des san scho guade zehn Johr, ha?
*Fonse:* Mindestens! Eher mehr. Wenn mi ned alles, hicks, deischt, san des scho elfe. Weil's erste Mol warma 25 und jetza samma 33.
*Heinz:* Des konn aa sa. So genau woaßma des nie.

*Fonse:* Hicks. Eben. Und woaßt, wos i dir sog?
*Heinz:* Naa. Wos, hicks, sagst du mir?
*Fonse:* Es is guat, dassma mir zwoa ned verheirat san und dassma koi Kinder hamm. Hicks.
*Heinz:* Ein wahres, hicks, Wort! Wer woaß, wia's waar. Owa samma froh, dass aso is, wia's is. Prost, Fonse!
*Fonse:* Prost! Und alles Guade zum Vatertag!
*Heinz:* Gleichfalls, hicks!

*Wenn man halbwüchsige Kinder hat, bleibt es nicht aus, dass man gelegentlich einen oder auch mehrere Blicke in die vom Nachwuchs konsumierten Jugendzeitschriften wirft. Zum einen muss man als Elternteil wissen, wo die heutige Jugend der Turnschuh drückt, zum anderen ist es peinlich, wenn man glaubt, dass Hip-Hop eine Babynahrung ist und drittens macht es einen Heidenspaß. Denn die Aufklärung, die einem selbst nicht zuteil wurde, kann man auf diese Weise bis ins Detail nachholen. Und zwar anhand der Antworten auf die*

# Fragen an das Dr.-Winter-Team

Hallo!
Ich heiße Bettina, bin 13 Jahre alt und gehe in die 7b in meiner Schule. Mein Arzt sagt, ich bin organisch gesund, aber ich hätte da mal eine Frage:
In die Parallelklasse geht ein unheimlich süßer Boy. Er heißt Jörn und spricht nur gebrochen Deutsch, weil er aus dem Saarland kommt. Aber er hat einen so tollen Body und seine Frisur – einfach megacool! Er sieht so ähnlich aus wie Brad Pitt, bloß anders. In der Pause sitzt er immer mit seinen Kumpels auf der Pausenhofmauer und sie machen Weitspucken. Er ist einfach sooo süß! Wenn seine Kumpels spucken, sieht das voll ätzend aus, aber bei ihm – echt cool! Ich finde, daran erkennt man, dass er einen guten Charakter hat.
Ich träume manchmal davon, dass er nach dem Spucken von der Mauer herunterspringt und mir vor allen Leuten einen Kuss gibt. Ich hoffe, ihr haltet mich deswegen nicht für pervers, weil es mir nichts ausmacht, wenn alle es sehen.

Jörn hat keine Freundin, und ich weiß, dass er mich eigentlich ganz nett findet. Denn als ich einmal in der Pause an ihnen vorbeigegangen bin, hat er ganz knapp neben mich hingespuckt

und „ey“ gesagt. Das heißt doch, dass ich ihm nicht vollkommen egal bin, oder?
Vielleicht ist er auch so schüchtern wie ich, und er traut sich nur nicht, mir seine Liebe zu gestehen.
Ich hatte noch nie einen richtigen Freund außer Leonardo di Caprio, aber der weiß bis heute nicht, dass er mein Freund war.
Meine Freundinnen sagen, ich sehe eigentlich voll süß aus und dass ich ziemlich cool bin. Und wenn ich noch 25 Kilogramm abnehme, dann ist mein Body auch voll okay.
Musikmäßig finde ich die No Angels echt krass.
Ich habe mir schon überlegt, ob ich Jörn nicht einen Brief schreiben soll, in dem wo ich meine Gefühle erwähne. Aber meine Freundinnen meinen, das fände er bestimmt uncool. Und es wäre für mich voll shit, wenn Jörn mich uncool finden würde.
Auf jeden Fall träume ich oft von ihm, und im Unterricht kann ich mich kaum mehr konzentrieren. Nur ein Beispiel:
In der letzten Deutschstunde habe ich so vor mich hingeträumt und mich auf das Weitspucken gefreut. Als mich der Lehrer gefragt hat, wie Goethe mit Vornamen hieß, habe ich gesagt „Jörn“. Krass, was?
Essen kann ich auch kaum mehr, weil ich immer an Jörn denke. In der großen Pause schaffe ich nur mehr zwei Fleischsalatsemmeln und ein Duplo, so besessen bin ich von ihm. Hoffentlich werde ich nicht magersüchtig!
Ach, er ist einfach sooo süß!!

Ich hoffe, liebes Dr.-Winter-Team, Ihr könnt Euch vorstellen, wie es mir zur Zeit geht. Und nun meine Frage: Wie geht eigentlich ein Zungenkuss?

Euere Bettina S. aus F.

PS.: Ist es schlimm, wenn man mit 13 Jahren Jungfrau ist? Meine Freundinnen sagen, Widder oder Steinbock wäre besser.

Liebes Dr.-Winter-Team!

Ich heiße Jörn, bin 13,5 Jahre alt und gehe in Bayern in die 7b. Ich habe ein Problem, das ich mit meinen Eltern nicht besprechen kann, weil sie schon uralt sind (45 und 48!).

Ich bin total verknallt in ein Girl aus der Parallelklasse. Sie heißt Jenny, hat lange blonde Haare, ein geiles Gesicht, eine Traumfigur und einen Knackar ... äh süßen Po.
Ich habe mich bis heute nicht getraut, sie anzusprechen. Erstens habe ich leichte Verständigungsprobleme, weil ich erst vor kurzem aus dem Saarland nach Bayern gezogen bin, zweitens ist sie nie allein. Sie hat immer eine Freundin dabei, die voll ätzend ist. Sie ist ein ziemlich schweres Gerät (ca. 80 Kilo plus Verpackung) und heißt wahrscheinlich Bettina, weil das auf ihrem riesigen T-Shirt steht.
Ich habe voll die Hemmung, Jenny anzusprechen, denn sie hat schon einen bzw. zwei Busen und ich noch nicht einmal einen Stimmbruch. Von Schamhaaren ganz zu schweigen.
Ich weiß nicht, ob ich ihr gefalle. Meine Freunde sagen, dass ich beschissen aussehe, aber das sagen sie bei allen und betrachten es als krassen Gag.

Neulich, als wir in der Pause Weitspucken trainiert haben, ist Jenny's dicke Freundin vorbeigekommen, aber ich habe sie nicht getroffen. Vielleicht hat sie Jenny als Spionin vorbeigeschickt, weil ich ihr gefalle und sie hat sich nicht selbst hergetraut. Könnte ja sein.
Ach, wenn ich mich nur trauen würde! Ich denke 24 Stunden am Tag an Jenny und nachts auch. Gestern habe ich zum Frühstück anstatt Cornflakes Hundecracker gegessen, so vertieft war ich in Gedanken an Jenny. Sie haben nicht einmal schlecht geschmeckt.

Ich habe Angst, dass ich ledig und kinderlos sterben könnte, weil ich schon 13,5 Jahre alt bin und noch nie etwas mit einem Mädchen hatte. Mit einem Jungen natürlich auch nicht, will ich auch nicht. Ich schreibe dies nur, damit das klar ist.

Zum Schluss meine Frage (bitte die Antwort nicht nach Hause schicken, weil meine Mutter alle Briefe aufmacht und sie der Nachbarin vorliest):
Was kostet ein „Jenny"-Tatoo auf dem Oberarm?

Euer Jörn B. aus O.

PS.: Ist es wahr, dass man unter 1,60 Meter Körpergröße keinen Stimmbruch bekommt?

Liebes Dr.-Winter-Team!

Ich heiße Jenny und gehe in die 7b. Mein Cousin Fred aus der 8c hat einen Freund in der 7a. Der wäre normal schon in der 8a, aber er ist sitzengeblieben. Dessen Bruder in der 8b steht auf meine Freundin Bettina, die, wie ich, in der 7b ist. Bettina steht übrigens auf Jörn aus der 7c, der mit den Jungs aus der 7a, 7b, 7c und 7d in der Pause immer herumspeit wie ein Lama.

Und jetzt wird es etwas kompliziert: Der Klassensprecher von der 8c, in die mein Cousin Fred geht, ist voll süß. Aber leider steht er auf eine doofe Zicke aus der 7d. Was geht eine doofe Zicke aus der 7d, die wo vom Niwo her sowieso in die 5d gehört, der Klassensprecherder 8c an?
Okay, ich gehe zwar auch nicht in die 8c, sondern in die 7b, aber ich finde ihn 1a.
Und nun meine Frage: Wenn der süße Klassensprecher aus der 8c sitzen bleiben würde, könnte ich dann einen Antrag stellen, dass ich statt in die 8b in die 8c komme?
Weil dann wäre ich in seiner Klasse. Das würde die Zicke aus der 7d voll ärgern!
Herzliche Grüße!

Eure Jenny K. aus P.

PS.: Ich hatte noch nie einen festen Freund, obwohl ich in Petting wohne!

# Die Gemeinderatssitzung

*Mitwirkende:*
Bürgermeister Moser (Bgm.), Gemeinderätin Blunzer-Kriekendonk (GR B.-K.), Gemeinderat Seidl (GR Seidl), Gemeinderat Kreizer (GR Kreizer), Gemeinderat Leberl (GR Leberl), Gemeindeschreiber (GS). Verschiedene andere Gemeinderäte, die sich nicht zu Wort gemeldet haben.

*Bgm.:* Liebe Kollegen! Ich begrüße Euch alle zur ersten Gemeinderatssitzung nach der Wahl! Besonders die, die gewählt worden sind. De andern san eh ned do.
*GR B.-K.:* Entschuldigen Sie bitte, Herr Bürgermeister! Was heißt da „liebe Kollegen?“ Ich darf Sie daran erinnern, dass ich eine Frau bin!
*Bgm.:* Omei, entschuldigens, Frau Blunzer-Kriekendonk! Des war jetza fei ned gega Sie gricht. Des is de Macht der Gewohnheit. An des muaß i mi z'erst gwöhna, dassma mir a Weiberts, äh, a Frau im Gmeinderat hamma. I bin seit 24 Johrn Buagamoaster und i hob no nie a Wei do herin im Sitzungssaal gseng. Außer da Putzfrau! No nie is oane gwählt worn!
*GR B.-K.:* Dann wurde es ja höchste Zeit! *Schnippisch:* Oder, meine Herren?

*Allgemeines, unverständliches, aber erkennbar ablehnendes Gemurmel.*

*GR Seidl: Leise zu GR Kreizer:* Sog amol, Alis, wia konn denn da Blunzer Kare bloß aso a Goaß heiratn? Vo Mecklenburg-Vorpommern! Der hätt' doch a Deitsche aa kriagt!
*GR Kreizer:* Noja, wer woaß's! Immerhin is er scho 42 Johr olt. Und da Scheena isa aa ned. Do duatmase nimmer so leicht. In da Disco lochansna aus, wenn er als 42-jahriger Mo daherkimmt. Es is ned einfach. Außerdem konn da Kare koan Schritt ned danzn. Des is aa a gwiss Manko bei da Weiblichkeit!

*GR Seidl:* Ja und? I konns aa ned!

*GR Kreizer:* Owa du host acht Baugründ'!

*GR Seidl:* Do host du aa wieder recht. Owa trotzdem, aso eine Goaß! Obs do ned gscheida waar, wennma überbleibt?

*Bgm.:* Ich darf die Gemeinderäte Kreizer und Seidl um Ruhe bitten. Seids staad, zenalln! Debattiern kinnma noch da Sitzung.

*GR Seidl:* Is scho recht, Buagamoaster, samma scho staad! *Leise zu GR Kreizer:* Und des oana sog i dir: De mei wenn des waar, dann waar des mit Doppelnam' ned passiert. De hoißert „Seidl" und aus! Wo samma denn!

*GR Kreizer:* Owa genau!

*Bgm.:* A Ruah is jetza! Pssst!

*GR Kreizer:* Jaja. Fang o, dassma firte wern!

*Bgm.:* Also, i verles kurz de Tagesordnung: 1. Begrüßung. Des hamma scho. 2. Verlesen des Protokolls der letzten Sitzung. Des kimmt glei. 3. Baugesuche. Des kimmt später. 4. Wünsche und Anträge. Des kimmt aaf d'Letzt. Also, zu Punkt 2: Herr Amtmann, verlesen Sie bittschön das Protokoll!

*GS:* Verehrter Herr Bürgermeister, sehr verehrte Frau Blunzer-Kriekendonk, geschätzte Gemeinderäte! Ich darf Ihnen allen zur Wahl gratulieren und verlese nun das Protokoll der letzten Gemeinderatssitzung.

*GR Kreizer: Leise zu GR Seidl:* Also rheto ... rhetor ... also schmatzn konna scho, unser Gmeindeschreiber!

*GR Seidl:* Des konnst laut sogn!

*GR Kreizer:* Liaba ned, sunst schimpft da Buagamoaster wieder, weil i ned staad bin.

*GR Seidl:* Hähähähä!

*Bgm.:* Ruhe! Mensch, Kreizer und Seidl! Seids holt amol staad. Beachts doch die Würde des Hauses! Mir samma doch ned in da Schul!

*GR Kreizer: Leise zu GR Seidl:* Wos howe gsagt? Schimpfta scho! *Laut:* Tschuldigung! Nix für unguat, Herr Amtmann! Lesns weida, jetza passe aaf. Vasprocha!

*GS:* Äh, das macht doch nichts, Herr Kreizer! Also: Protokoll der Gemeinderatssitzung am Dienstag, den 18. April um 18 Uhr im

Sitzungssaal des Rathauses. Bürgermeister Moser eröffnete die Versammlung um 18 Uhr und stellte die Beschlussfähigkeit fest. Er wies darauf hin, dass als einziger Punkt auf der Tagesordnung der neue Bebauungsplan stehe. Dazu müsse man sich die Planungsunterlagen intensiv anschauen. Zu diesem Zweck hatte man Herrn Architekt Stenken vom Planungsbüro Stenken & Stenken eingeladen. Dieser hatte jedoch auf Grund einer bedauerlichen Verwechslung den falschen Aktenkoffer dabei, in dem sich die Pläne für die Kläranlage Oberdorf befanden. Nachdem man sich diese rein interessehalber kurz angesehen hatte, schloss Bürgermeister Moser die Sitzung gegen 18.07 Uhr.

*Kurze Pause.*

*Bgm.:* Kimmt no wos?
*GS:* Nein, des war's, Herr Bürgermeister. Mehr war ned.
*Bgm.:* Dankschön! Bestehen gegen das Protokoll Einwände? *Allgemeines Gemurmel „passt scho" bzw. „alles klar" oder auch „genehmigt".* Ich sehe, das ist nicht der Fall. Dann ist das Protokoll genehmigt.

*GR Seidl meldet sich offiziell zu Wort.*

*Bgm.:* Ja, Seidl, wos is?
*GR Seidl:* I wollt bloß sogn, dass des de erste Gemeinderatssitzung wor, wo i scho um holwe sieme im Wirtshaus wor. De erste in 18 Johrn! Des kanntma ruhig öfter mocha.
*Bgm.:* War des a offizieller Antrag?
*GR Seidl:* Naa, i moin ja bloß.
*Bgm.:* Alles klar, du moinst bloß. Weil wenn des a Antrag gwen waar, dann hättma abstimma miaßn.
*GR Kreizer:* I waar dafür!
*GR Seidl:* Des glaub i, du Abseiler, du elendiger. Hähähähä! Dir geht's ja eh bloß ums Sitzungsgeld!
*GR B.-K.: Empört:* Ja sagen Sie mal, meine Herren! Ist das hier ein Kasperletheater oder eine politische Sitzung? Traurig genug,

dass dieser unfähige Architekt die falschen Pläne dabeihatte! Aber Sie machen noch ein Gaudium aus diesem Fauxpax!

*Bgm.:* Wos mochma aus wos?

*GR Leberl:* Also, wenn i amol wos sogn derf, Frau Grunzer-Ziegenbock!

*GR B.-K.:* Blunzer-Kriekendonk, wenn ich bitten darf!

*GR Leberl:* Is o wurscht. Aaf jeden Fall derfa Sie des ned so eng seng. In so an politischen Gremium muaß aa amol a weng a Gaudi sei zwischendurch. Des lockert de Atmosphäre, verstehens das?

*Bgm.:* Genau! Des derfas wirklich ned so eng seng, Frau Blunzer-Kriekendonk! Man soll ned immer so todernst sei, des is ned gsund. Psychisch, mental und aa geistig: Lachen ist die beste Medizin! Also: Tun Sie sich ned owe! Die Kollegen Seidl und Kreizer san zwoa kreizbrave Manner und lustige Burschen. So Leit brauchtma aa in da heitigen Zeit!

*GR Seidl:* Du brauchst uns fei ned verteidigen, Moser! Aso gehts ned! Kimmt do in Gemeinderat eine, is bei da falschen Partei und daad unseroan koan Gspoaß ned vergunna! Aso geht es nicht, Frau Ding! Tun's Eahna bloß mäßigen! Mir samma koa Kasperltheater, dass des klar is! Mir warma scho Gmeinderäte, do ham Sie no mit 99 Prozent'n Honecker gwählt in da Zone!

*GR Kreizer:* Haargenau! Des mog scho sei, dass do, wo Sie herstamma, ned glocht wird. Owa mir samma lustige Leit und des bleibma aa, mirkens Eahna des! *Leise zu GR Seidl:* Do hoda uns aso a Gschwerl herbrocht, da Blunzer Kare! Waara ledig bliem, da Depp!

*GR B.-K.: Geschockt:* W… wie bitte? Ich habe Sie nicht verstanden.

*GR Kreizer:* Nix! Buagamoster, moch weida! I muaß heit no zum Preisschofkopfa vom Frauenbund! Des möcht' i unbedingt seng. Do is mei Gunda als Schreiberin eiteilt. Kennt koa Kortn ned und soll schreiben! Des konn wos werdn!

*Allgemeines Gelächter (außer GR B.-K.)*

*Bgm.:* Also, dann kemma zu de Bauanträge. Herr Amtmann, hamma recht vül?

*GS:* Zwoa! Also zwei praktisch!

*Bgm.:* Des geht ja no. Des is zum schaffa. Wer isen da erste?

*GS:* Das ist der Antrag der Eheleute Paul und Rosa Schwarzbauer auf Genehmigung einer Ausnahme vom Bebauungsplan. Bezüglich ihres Wohnhausneubaues.

*GR Kreizer:* Wos will er denn nacha, da Paule?

*GS:* Äh, nur ein paar Kleinigkeiten. Der Zaun soll statt einen Meter 1,20 Meter hoch werden, er möchte statt einer zwei Dachgauben, die Dachneigung soll geringfügig vom Bebauungsplan abweichen, so ca. 10 Prozent.

*Bgm:* Waar's des?

*GS:* Noch ein kleines Detail: Das Haus soll nicht ein-, sondern dreigeschossig werden.

*Bgm.:* Ja guat, des is oanaseits verständlich, weil dann is mehr Plotz drin. Also Manner, wos sagts? Äh, Entschuldigung, Frau Blunzer-Kriekendonk, Manner und Frau, wos sagts?

*GR Kreizer:* I möcht amol grundsätzlich bemerken, dass da Schwarzbauer Paul bei uns im CSU-Ortsverband Schatzmeister is. Und drum daad i als CSU-Fraktionsvorsitzender sogn, dass …

*GR B.-K.: Unterbricht ihn:* Hört! Hört! Das sieht ja wieder sehr nach Vetternwirtschaft aus!

*GR Kreizer:* Mooooment! Da Schwarzbauer Paul is ned mei Vetter, sondern mei Schwager, dass des klar is! Aaf jeden Fall daad i sogn, dassma mir vo da CSU-Fraktion geschlossen gega den Antrag san. Ned dass hoißt, mir samma dafür, bloß weil da Paul unser Schatzmeister is.

*Bgm.:* Öha! Des hamma aa no ned ghod! Is des rechtlich in Ordnung, Herr Amtmann?

*GS:* Nun ja, ich, äh …, ich meine …

*GR B.-K.:* W … wie? Was? Sie können doch nicht dagegen sein, nur weil der Antragsteller bei der CSU ist!

*GR Seidl:* Des kinnma mir scho! Mir samma dagegen und aus! Ihr vo da SPD seids ja aa dagegen, bloß weil da Paule bei da CSU is. Wos ihr kinnts, kinnma mir scho lang!

*GR Leberl:* Aso a Schmarrn! Wos konn denn da Paul dafür, dass er bei da CSU is? I als SPD-Fraktionsvorsitzender bin dafür, dassma eam de Ausnahmen genehmigen! Scho aus Prinzip!
*GR B.-K.:* Ich auch! Aus Prinzip!
*Bgm.:* I bin aa dafür. Mensch, Kreizer und Seidl! Des kinnts doch ned mocha! Gega eiern eigenen Mann stimma, bloß weil er bei da CSU is. Bloß dass ned hoißt, ihr habts für eam gstimmt, weil er bei eich is. Des is doch direkt hirnrissig!
*GR Kreizer:* Samma a Demokratie oder samma koane?
*Bgm.:* Scho. Oder, Herr Amtmann? Samma doch?
*GS:* Ja freilich!
*Kreizer:* Also! Lass abstimma und da Kaas is gessn!
*Bgm.:* Also guat. Wer für den Bauantrag der Eheleute Paul und Rosa Schwarzbauer mit den erwähnten Ausnahmen vom Bebauungsplan ist, den bitte ich um ein Handzeichen.

*Alle Anwesenden inklusive Bürgermeister heben die Hand.*

*Bgm.:* Alles klar! Einstimmig genehmigt!
*GR B.-K.: Völlig konsterniert:* Ja, aber wieso? Sie wollten doch dagegen stimmen?
*GR Kreizer:* Jamei. Inana Demokratie, do derfa aa amol sei Meinung ändern. Oder, Kollege Seidl?
*GR Seidl:* Sowieso!
*GR B.-K.:* Aber wenn ich das gewusst hätte, dass Sie dafür stimmen, dann hätte ich natürlich dagegengestimmt.
*GR Kreizer:* Wos hoißt „gewusst"? A olts Sprichwort hoißt: Nix Gwiss woaßma ned!
*GR Leberl:* Mei liawa, jetza habts uns ganz schee verarscht, ehs Baraber, ehs schworzn! Dagegen redn und dafür stimma, des hamma gern! Aso bin i seltn gleimt wordn. Alle Ehre! Und i Depp stimm aa no dafür. Akkrat für'n Schwarzbauer Paul, der wos im Wahlkampf gsagt hod, dass i a tschechische Freindin hob. Bin i ein Esel!
*GR B.-K.:* Das ist doch ein Skandal!
*GR Seidl:* Genau! Er hod nämlich gor koa tschechische Freindin, sondern a polnische!

*GR B.-K.:* Ach, das meine ich doch nicht! Ihr Abstimmungsverhalten ist ein Skandal.

*GR Seidl:* Worum? Es wor doch eh einstimmig.

*Bgm.:* Des stimmt, Frau Ding! Einstimmig is einstimmig. Klarer geht's ned. Do brauchma nimmer diskutiern. Amtmann, schreib aaf: Einstimmig genehmigt!

*GS:* Hob i scho, Herr Bürgermeister.

*GR B.-K.:* Unerhört!

*Bgm.:* Mei, Frau Ding, des miaßns Eahna merken: Man muss sich der Mehrheit beugen! Vor allem, wennma selber bei da Mehrheit is!

*GR Leberl:* Hundling seids, alle mitananda! Amol passts scho wieder, dann lassma eich aa aaflaffa!

*GR Seidl:* Do konnst lang wortn, Leberl!

*GR Leberl:* Schauma amol! So, jetza mochma owa weida, dassma firte werdn. Dreiviertl sieme is scho wieder.

*Bgm.:* Genau, Leberl! Herr Amtmann, wos is da zwoate Punkt?

*GS:* Bloß a Stellungnahme zur Erweiterung vom Atomkraftwerk. Des betrifft uns eigentlich ned direkt, weil's sechs Kilometer weg is. Owa wissts ja, wia's is. Do solln 6000 Quadratmeter zusätzlich überbaut werdn mit irgend aso an Kerndings und d'Leistung wird dann aa erhöht. Gigawatt oder wia des hoißt. Mir sollma eigentlich bloß Stellung nehma. Praktisch pro oder kontra.

*GR Kreizer:* Wird des dann gscheit eingegrünt?

*GS:* Sowieso! Mit immergrüne Hecken!

*GR Kreizer:* Dann bin i dafür. Do segst dann eh kaam wos, wenn de Hecken gscheit wochsn.

*GR Leberl:* Und daadse dann de Strahlung erhöhen?

*Bgm.:* Also, i hob mi do im Vorfeld a weng informiert. I daad aso sogn: Ob d'Strahlung mehr wird, konnma ned gwiss sogn. Wosma gwiss sogn konn is, dass d'Gewerbesteier mehr wird.

*GR Leberl:* Dann bin i aa dafür!

*Bgm.:* Sunst no Wortmeldungen?

*GR B.-K.:* Herr Bürgermeister, verehrte Kollegen! Sie können doch eine so schwerwiegende Entscheidung nicht mit zwei

Wortmeldungen abtun! Bei der Erweiterung eines Kernkraftwerkes müssen doch Fachleute gehört, Pläne eingesehen und Ortstermine durchgeführt werden. Wer soll denn bitteschön über solch wichtige Fragen entscheiden, wenn nicht wir als gewählte Vertreter unserer Bürger?
*Bgm.:* 's Landratsamt! Also, sunst no Wortmeldungen? Das ist nicht der Fall. Dann stimmen wir ab. Wer daad sogn, mir gebma a positive Stellungnahme ab? Wer is für pro?

*Alle melden sich, außer GR B.-K.*

*GR Kreizer:* Owa mit Eingrünung!
*Bgm.:* Is scho klar. Wer is dagegen? Pro kontra praktisch.

*GR B.-K. hebt die Hand.*

*Bgm:* Jawohl, Frau Ding. Also praktisch einstimmig mit einer Gegenstimme so beschlossen. So, des wars. I waar mit mein Zeig firte. Hamma no wos?
*GR B.-K.:* Also, Herr Bürgermeister, verstehen Sie mich nicht falsch. Aber ich finde, man sollte Dinge, wie sie heute behandelt wurden, schon sehr gewissenhaft angehen.
*Bgm.:* Find i aa. Wer find' des aa?

*Alle heben die Hand.*

*Bgm.:* Einstimmig. Gratuliere, Frau Blunzer-Kriekendonk! Mei liawa, Eahna erster Antrag und scho einstimmig! An bessern Einstand konnmase gor ned wünschen. Übrigens, bloß zur Kenntnis: Normal san zwoa Maß pro Mann als Einstand. Die Sitzung ist geschlossen!

*Es ist gut und richtig, wenn man Kinder zur Vorsicht erzieht. Bei uns daheim heißt die eiserne Regel: Mach keinem Fremden auf und nimm von einem Fremden nichts an! Und zwar unter keinen Umständen! Mit dieser zwar vernünftigen, aber auch ziemlich radikalen Verfahrensweise können jedoch manche rechtschaffene Menschen Probleme bekommen.*
*Beispielsweise*

# Der Mann vom Paketdienst

*Mann: Nachdem er dreimal vergebens geläutet hat:* Wieder nix! Mensch Meier, kein Mensch dahoam! Do bstellns drümmer Packerln, dann sans ned dahoam! Wos soll i jetza mocha mit dera blädn Schachtl? Oamol leit i no, nacha fohr i wieder. *Läutet erneut.*

*Ein kleines Mädchen öffnet das Fenster und schaut ängstlich-misstrauisch heraus.*

*Mann: Überfreundlich:* Aah! Gottseidank is ebba do. Hallo, Kind! Kimm amol aussa, i hob a Packerl für dei Mama!
*Kind:* Nein!
*Mann:* Wos, nein?
*Kind:* I kimm ned aussa. I derf nämlich fremde Männer d'Haustüre ned aufmachen, wenn i alleine bin. Des hod mei Papa gsagt und mei Mama aa.
*Mann:* Do hamms vollkommen recht, dei Mama und dei Papa. Owa i bin in dem Sinn koa fremder Mann.
*Kind:* Ha?
*Mann:* I bring bloß a Packerl, und dann geh i glei wieder. I brauchert bloß a Unterschrift.
*Kind:* Bist du a Räuber?
*Mann:* A Räuber? I bin doch koa Räuber! A Räuber hod doch a Maske aaf. Hob i vielleicht a Maske aaf?

*Kind:* Ja, a ganz a häßliche!

*Mann: Empört:* Reiß di bloß zamm! Aso ein Fratz! Des is mei normals Gsicht und koa Maske, dassda's woaßt! Und a häßliche scho glei gor ned. Mirk dir des, du Lausdeandl!

*Kind: Weinerlich:* Du bist ganz fest böse! Du bist a fremder Mann und a Räuber und hässlich und ganz fest böse!

*Mann: Beschwichtigend:* Jetza reg di ned aso aaf! I bin ned böse, i bin ganz brav! I tu bloß Packerln ausfahren. Und heute hob i oans für dei Mami. Moch aaf, dann kriegst des Packerl und scho bin i wieder furt.

*Kind:* Du willst mi mitnehmen!

*Mann:* Wos? I di mitnehma? Gott bewahre! Di daad i nie mitnehma. Aso a Quälgeist wia du, des gang mir no ab!

*Kind: Weinerlich:* Du magst mi ned!

*Mann:* Doch, doch, i mog di scho. I mog di ganz gern!

*Kind:* Drum willst mi mitnehmen!

*Mann: Verzweifelt:* Naa, i nimm di ned mit. I mog di zwar, owa i nimm di ned mit. I hob i a Idee, pass amol aaf: Du mußt mir die Türe ned aufmachen. I gib dir des Packerl zum Fenster eine und du haust dein Servus aufe und da Kaas is gessn.

*Kind:* Ha?

*Mann:* Du tust unterschreiben. Kannst du scho schreiben?

*Kind:* I konn mein Namen schreiben und „Fräulein Ochsenrainer".

*Mann:* Fräulein Ochsenrainer? Wer is nacha des?

*Kind:* Des is mei Kindergartenfräulein.

*Mann:* Aso. A schöner Name! Also, folgendes: I gib dir des Packerl wie besprochen und du schreibst deinen Namen auffi.

*Kind:* „Fräulein Ochsenrainer" aa?

*Mann:* Naa, bloß dein Namen. Und dann gibst du mir den Zettel, und i hau ab. Und des wars dann. Toll, ha?

*Kind:* Nein!

*Mann:* Nein? Ja Kind, worum denn ned? Wos hob denn i verbrocha?

*Kind:* Mei Mama sagt, vo fremde Männer derf i koa Geschenk nehmen.

*Mann:* Ja glaubst denn du, des is a Gschenk? Des is doch koa Gschenk ned! Des kost an Haffa Geld!
*Kind:* I hob in meiner Sparbüchse scho soviel Euro! *Zeigt mit Hilfe der Finger die Zahl 4.*
*Mann:* Super! Soviel Geld!
*Kind:* Bald soviel! *Zeigt die Zahl 5.*
*Mann:* Wahnsinn!
*Kind:* I gib dir aber keins!
*Mann:* I will doch gor koa Geld vo dir! Pfollt dir dei Geld!
*Kind:* Dann is geschenkt und dann derf i des Packerl ned nehmen.
*Mann:* Zenalln, des is koa Gschenk! Do is a Rechnung drin und dei Muada konns nacha überweisn, wenn's mog.
*Kind:* Ha?
*Mann:* Nix. Des kapierst du eh ned, du Kind, du dumms. *Drohend:* Aaf jeden Fall nimmst du jetza sofort des Packerl, sunst werd' i narrisch. Fratz, elendiger!
*Kind:* Du bist böse!
*Mann:* I bin ned böse. Owa lang dauerts nimmer! Wenn des bei jedem Packerl aso a Gfetz waar, dann kanntma zuasperrn! Bittschön, nimm holt des Packerl! *Hält dem Kind bittend das Paket hin.*
*Kind:* Do is a Bombe drin und dann san alle tot!
*Mann: Außer sich:* Ja kruzenäsn! Do is doch koa Bombe drin! Worum soll do a Bombe drin sei? Dei Muada hod doch koa Bombn ned bstellt! Wos san denn des für Kinder heitzudogs? Habts denn ihr bloß „bumm" und „peng" im Schädl? I bin a Packerlausfahrer und koa Terrorist! Mirk dir des! Jetza glangtsma nacha!
*Kind:* Ha?
*Mann:* Dir gib i glei a „ha?"! Woaßt wos? Jetza is scho wurscht. Jetza moch i des Packerl auf, dass du segst, dass koa Bombe ned drin is. *Öffnet das Paket, das Kind schaut in banger Erwartung einer Bombe ängstlich zu.*
*Kind: Flehend:* Bitte ned! Sonst san alle tot!
*Mann:* Schmarrn! Koa Mensch is tot. Nix do, aafgmocht wird und aus. I lass mi doch vo dir ned als Schwerverbrecher histelln!

*Zieht aus dem geöffneten Paket einen rotglänzenden Damen-Stringtanga und diverse andere erotische Dessous.* Öha!
*Kind: Vorwurfsvoll:* Des gehört fei meiner Mama!
*Mann:* Des is mir scho klar, dass des ned dein Voda ghört. *Lüstern:* Mein lieber Herr Gesangsverein! Wie alt is denn dei Mami, wenn i frogn derf?
*Kind:* Gaanz alt! Scho 26 Jahre!
*Mann:* 26 Johr? Des is grod's richtige Alter für aso a Gwanda!
*Kind:* Ha?
*Mann:* Ach, nix. Des verstehst du ned. So, hostas gseng, dass do koa Bombe ned drin is? Jetzt machma des Packerl wieder zu und i gibs dir durch des Fenster eine. *Will die Reizwäsche wieder einpacken.*
*Kind:* Hast du a Pistole?
*Mann:* A Pistole? Worum soll i a Pistole hobn? I hob doch koa Pistole.
*Kind:* Weil a Räuber hat a Pistole.
*Mann:* Ja sog amol: Bist so bläd oder duast bloß aso? I bin koa Räuber! Schau doch her! Segst du vielleicht a Pistole?
*Kind:* Und unter deiner Jacke?
*Mann:* A Dreg is unter der Jacke! Do, schau! *Zieht hastig die Jacke aus.* Und dassda's glei woaßt: Im Hemad hob i aa koa Pistoln! *Er öffnet gerade sein Hemd, als die attraktive Mutter des Kindes vom Einkaufen heimkommt.*
*Kind:* Hallo Mama! Der Mann hod fei dei Unterhose angschaut!
*Mutter:* Wie bitte?
*Mann:* Endlich san Sie do! Sie derfa des ned falsch versteh. Des mit dem Stringtanga, des war aso ...
*Mutter:* Ja songs amol, wos is denn mit Eahna los? Steht halbnackert vor mein Küchenfenster und schaut meine Dessous o. San Sie a Perverser? Glei hole d'Polizei!
*Mann:* Naa, ned, i bin koa Perverser! I bin a Packerlausfahrer! I wollt eigentlich bloß des Paket do abgebn. Owa Eahna Tochter hod nicht aafgmocht.
*Mutter:* Ja Gott sei Dank! Schauns bloß, dass weidakemmand!

*Mann: Während er sich das Hemd in die Hose stopft:* I brauchert bloß no a Unterschrift vo Eahna, dann bin i scho furt.
*Mutter:* Vo mir aus. *Unterschreibt.* Und jetza verschwindens bittschön! Owa schnell!
*Mann:* Jaja, wiederschaun. Pfiade, Kind!
*Kind:* Tschüss, Räuber!

*Ich fahre gern mit dem Zug von meinem Heimatort Furth im Wald nach München und natürlich auch wieder heim. Erstens ist es völlig stressfrei, sofern man eine gültige Fahrkarte besitzt, zweitens schont es die Umwelt und drittens kann man in Ruhe etwas lesen oder auch ein wenig dösen. Letzeres geht aber nicht immer, weil es passieren kann, dass bei der Rückfahrt bereits in München-Hauptbahnhof jemand ins Abteil zusteigt. Und wenn dieser Jemand ein älterer Herr und sehr gesprächig ist, dann erfährt man einiges auf der Strecke*

## München – Landshut

*Mann: Öffnet die Türe des Abteils.* Habe d'Ehre! Is do no frei, Schäf?
*Lauerer: Lesend:* Bittschön! Sitzens Eahna her!
*Mann:* Sakrischn Dank! Nacha sitzame her. *Setzt sich umständlich und schnaufend.* Omei, meine Fiaß! Es is a Kreiz, wennst nimmer gscheit hatschn konnst!
*Lauerer: Noch immer lesend:* Jaja.
*Mann:* Bist ebba aa beim Doktor gwen?
*Lauerer: Das Lesen einstellend:* I? Naa, naa. I wor ned beim Doktor.
*Mann:* I scho. I kimm ja normal praktisch nie aaf Minga. Owa wennst krank bist, dann muaßt holt eine in d'Stodt. Hilft alls nix.
*Lauerer: Hat das Lesen vollständig aufgegeben.* Jaja. Do konnma nix macha.
*Mann:* Jetza hostas gsagt! I hob oft scho gsagt: „Wenns aso is, dann is aso!" Stimmts oder howe recht?
*Lauerer:* Genau!
*Mann:* I bin vo Landshut. Also ned direkt. A weng außerhalb. Owa z'Landshut muaß i aussteign.
*Lauerer:* A geh!

*Mann:* Und du?
*Lauerer:* I? Wos i?
*Mann:* Bist du aa vo Landshut?
*Lauerer:* Naa, naa. I kimm aus Furth im Wald.
*Mann:* Aahh! Aus Furth im Wald kimmst du! Do schau her! *Kurze Pause.* Wo is nacha des?
*Lauerer:* In da Oberpfalz, im Landkreis Cham. An da tschechischen Grenz.
*Mann:* Ja Sachen gibt's! I hob oft scho zu meiner Fanny gsagt: „Die Welt is größer, als man denkt!"
*Lauerer:* Haha!
*Mann:* Jetza muaß i amol dumm frogn: Wos duat a Mensch aus Furth im Wald in Minga, wenn er ned zum Doktor muaß? I moan, nix für unguat, owa des daad mi scho interessiern.
*Lauerer:* I hob Rundfunkaufnahmen ghabt!
*Mann:* Öha! *Kurze Pause.* I a Darmspiegelung!
*Lauerer:* Oweh! Des is ned angenehm, oder?
*Mann:* Mei, wiamas nimmt. Du segst ja im Prinzip nix, weil des spieltse alles hintn ab. Also i hättmas schlimmer vorgstellt. Zwider war bloß, dass des a weiblicher Doktor war. Des war mir ned so recht. Woaßt scho, wia i moan!
*Lauerer:* A Ärztin praktisch!
*Mann:* Des konn i ned genau sogn, aaf jeden Fall a weiblicher Doktor. Woaßt, mir passt des ned, wenn mi a Wei so … so unkeusch segt.
*Lauerer:* Also, mir waar des wurscht.
*Mann:* Naa, do bin i empfindlich. I mogs zum Beispiel aa überhaupt ned, wenn i in da Bodwann sitz und mei Fanny kimmt ins Bad eine. Do kannt i dermaßen grantig werdn! De viertl Stund wird's doch wortn kinna, bis i firte bin. Außerdem bad' i eh bloß alle zwoa Wocha. Des muaß doch ned sei, dass sie akkrat dann ins Bad einerennt und mei komplette Intimatmosphäre segt. Oder? A jeder hod doch sein Stolz!
*Lauerer:* Mei, i woaß aa ned.
*Mann:* Waar des dir wurscht, wennst du badst und dei Olte rauscht ins Bad eine?

*Lauerer:* I bod ned, i dusch täglich!
*Mann:* Täglich??? Ja, wia des? Bist du a Rauchfangkehrer? Oder bei da Müllabfuhr?
*Lauerer:* Naa, naa! I bin a Kabarettist.
*Mann:* Wos bist?
*Lauerer:* Kabarettist! Drum hob i ja Rundfunkaufnahmen ghod in München.
*Mann:* Aha! Is des aso a Art Gstanzlsänger?
*Lauerer:* Naa, es geht mehr in Richtung Humor und Satire.
*Mann:* Duast Witz verzähln?
*Lauerer:* Aa ned. Eher humorvolle Gschichtn. I schreib aa lustige Bücher.
*Mann:* Ja mi host ghaut! Biacha schreibst du? Nacha bist ja du a Ding, a Schriftgelehrter!
*Lauerer:* Naa, Schriftgelehrter is wos anders. Schriftsteller konnma vielleicht sogn zu mir.
*Mann:* Ja mi läckst! Wia hoaßt denn nacha du, wenne frogn derf?
*Lauerer:* Toni Lauerer is mei Name!
*Mann:* Ach, da Toni Lauerer! *Kurze Pause.* Hob i no nie ghört.
*Lauerer:* Mocht nix. I hätt' zufällig a Buch vo mir dabei. Wollns amol eineschaun?
*Mann:* Des hod koan Sinn, weil i mei Lesebrilln ned dabei hob. Und wenn i ehrlich bin: Außer de Todesanzeigen in da Zeitung les' i eh nix.
*Lauerer:* Aso.
*Mann:* Du, is jetza des wohr, dass de beim Rundfunk alle an Batscher ham? Des hörtma öfter, dass de bei de Medien ned ganz sauber san.
*Lauerer:* Überhaupt ned! Des san alles ganz normale nette Leit!
*Mann:* A geh! Ja guat, i hob bloß gmoant. Is des ned a recht a Stress? Grod in unsern Alter. I schatz, mir zwoa werma hübsch's gleiche Alter hobn, wenn i di aso oschau. I bin 62.
*Lauerer:* I 43!
*Mann:* Ja varreck! Des hätt' i jetza ned glaubt. Owa do konnmase oft deischn. Und wia gsagt, mei Lesebrilln hob aa ned dabei. Nix für unguat. Des isma fast a weng peinlich. Nix für unguat!

*Lauerer:* Is scho recht. I werd öfter älter gschatzt wega meiner Plattn.
*Mann:* Jaja, der Haarausfall is eine Geisel der Menschheit. Owa i sog allaweil: „Liawa plattert als gar koi Hoor!" Hahaha! Guat, ha? Des konnst amol im Radio sogn. Sowos wolln d'Leit hörn! Konnst ruhig verwendn, den Witz! I hob nix dagegn.
*Lauerer:* Ja, dankschön. Vielleicht passts amol.
*Mann:* I bin übrigens da Koller Xaver. Owa d'Leit sogn bloß Xav zu mir. Du konnst ja dann im Radio sogn, dass der Witz mit de Hoor vom Xav is. Wenns dir nix ausmocht.
*Lauerer:* Alles klar. Des sog i dann. Vom Xav.
*Mann:* Genau! I bin überhaupt a recht a lustiger Typ.
*Lauerer:* A geh?
*Mann:* Jaja. Am Stammtisch songs oft: „Xav, hau no oan aussa!" Do moanans dann an Witz! I hob do a Begabung dafür. Mir mocht des nix aus, vor an Publikum an Witz zum verzähln. I hau dann oan aussa, und dann locht da ganze Stammtisch.
*Lauerer:* Dann ham Sie do direkt a Talent dafür?
*Mann:* Konnma sogn. Also, i will mi jetza ned selber lobn, owa i bin praktisch da Gaudibursch vom Stammtisch. Des is dann allaweil ein mords ein Hallo! Manchmal samma drei, manchmal aa viere. Do is wos geboten, des konnsta vorstelln. Ein Riesengfetz!
*Lauerer:* Des glaub i. Do wird's bestimmt rund geh.
*Mann:* Owa ehrlich! Und i hob ja jetza Zeit, weil i mein Hof scho übergebn hob.
*Lauerer:* A geh!
*Mann:* Ja, an mein Buam. Der hoaßt aa Xaver. Er konzentriertse mehr aaf Schweinemast. Er hod 350 Sei, owa natürlich koa Frau! Und des is in da heitigen Zeit einfach ned einfach. Er sagt ja selber: „Liaba hätt' i 50 Sei wenga und dafür a Frau!" Des san natürlich scho harte Worte. Owa i gib eam recht.
*Lauerer:* Jaja, des is wirklich ein Problem. Schwierig, schwierig!
*Mann:* Schuld is d'EU!
*Lauerer:* Ehrlich?
*Mann:* Hundertprozentig! De ham in Brüssel so einen Saustoll beiananda, dass da Sau graust. Do brauchst di ned wundern,

dass mei Xaver koane kriagt. Wennst du heit wega a poor tausend Euro Zuschuss acht Seitn Antrag ausfülln muaßt, des schreckt a jede Frau ab!

*Lauerer:* Hm. Moanan Sie wirklich, dass des an da EU liegt?

*Mann:* Nur! Jetza samma scho in Freising! Gell, wia d'Zeit vergeht, wennma a weng a Unterhaltung hod! Is des a Nichtraucher-Abteil?

*Lauerer:* Ja.

*Mann:* Dann zündama oane o. Host ja nix dagegn, oder?

*Lauerer:* Naa naa, rauchans nur! Mir mocht des nix aus.

*Mann:* Magst aa oane? Des san selberdraahte! I hob do a Geheimrezept: I iß allaweil a weng an Honig, wenn i Zigrettn draah. Und wenn i dann des Papierl oschleck, dann gibt des aso a süßliches Aroma beim Raucha. Ganz wos Feins! Magst oane?

*Lauerer:* Naa, dankschön! Momentan ned.

*Mann:* Aa recht! *Zündet sich eine windschiefe, übelriechende Zigarette an und hustet dabei heftig.*

*Lauerer:* Noonoo! Des hörtse owa ned guat o! Sie solltn glaube ned raucha bei dem Huastn.

*Mann:* Des is de truckane Luft im Zug! *Hustet zum Gotterbarmen, dass es ihm die Zigarette heraushaut und diese knapp an mir vorbeisaust.*

*Lauerer:* Aso.

*Mann: Nachdem er die durch den Aufprall beschädigte Zigarette wieder im Mund hat:* Drum moch i mir jetza a Holbe aaf! *Holt eine Bierdose aus der Plastiktasche und trinkt hustend.* Magst aa trinka?

*Lauerer:* Naa, dankschön!

*Mann: Nach einem zwar unterdrückten, aber im Bauchinneren dumpf hörbaren Rülpser:* Mit da Politik kannst ja momentan sowieso narrisch werdn!

*Lauerer:* Jamei.

*Mann:* Du wirst ja mehr für de Grüna sei. Weil de Künstler san ja politisch alle a weng seltsam.

*Lauerer:* Ah, i bin do eigentlich mehr neutral. Überoll gibt's sechane und sechane!

*Mann:* Do host aa wieder recht! I sog ned, dass a jeder Grüner a Verbrecher is. Nein, des sog i ned. Unser Schullehrer zum Beispiel, der hod für de Grünen zum Gmeinderat kandidiert, is owa sunst ein feiner Mann. Und nicht dumm! Nicht dumm! Man solls ned alle über oan Kamm schern. Abgseng davon, er is natürlich ned einekemma.
*Lauerer:* Aha!
*Mann:* Owa wia gsagt: Nicht zwider, der Mo! Er lest sogor d'Fürbitten in da Kircha. Do sog i: Hut ab! I kannt des ned.
*Lauerer:* Wega da Nervosität?
*Mann:* Naa, wegan Frühschoppen. I hätt' einfach koa Zeit.
*Lauerer:* Haha!

*Der Schaffner kommt ins Abteil.*

*Schaffner:* Die Fahrscheine bitte!
*Mann:* Do schauns her, i hob mei Fohrkortn scho hergricht! Dann geht's schneller.
*Schaffner:* München–Landshut, jawohl, alles klar. Sie wissen aber scho, dass des ein Nichtraucher-Abteil is?
*Mann: Indem er auf Lauerer deutet:* Er hod gsagt, es mocht eam nix aus.
*Lauerer:* Ja, des stimmt. I hob nix dagegn. Kein Problem. Do is mei Fahrkartn, bittschön!
*Schaffner:* Dankeschön! Aha, München–Furth im Wald! Gute Fahrt weiterhin! Auf Wiederschaun, die Herren!
*Mann:* Moment, Herr Schaffner! An kloan Moment! Eine Frage: Kennen Sie den Mo? Des is a Ding, a Kabarettist. Der schreibt Biacha und sagt wos im Radio! *Zu Lauerer:* Wia hoaßt jetza du wieder?
*Lauerer:* Toni Lauerer.
*Mann:* Toni Lauerer hoaßta. Kennen Sie den?
*Schaffner:* Leider nicht. Tut mir leid.
*Mann: Zu Lauerer:* Der kennte aa ned!
*Lauerer:* Mei, do konnma nix macha. Is ja ned so schlimm.
*Mann:* Owa do fragst di scho, gell! Kimmst am Radio und schreibst Biacha und koa Sau kennt di. Do fragst di dann scho.

*Lauerer:* Ja mei, da oane kennt mi, da andere ned.
*Mann:* No wos, Herr Schaffner! Wia olt daadn Sie eam schatzn? Ganz ehrlich! Ohne Krampf!
*Schaffner: Mustert Lauerer.* Äh ... also, i moan, hm ... des is schwierig. Wennma jemanden ned kennt, äh ... i daad sogn: Zwischen 50 und 60 zirka.
*Mann: Triumphierend zu Lauerer:* Segstas, segstas! Du schaust älter aus! *Zum Schaffner:* 43 isa! Kinnans Eahna des vorstelln? 43!
*Schaffner:* Äh, das tut mit jetzt leid. Aber wie gesagt, es ist nicht einfach, wenn man jemanden nicht kennt.
*Lauerer:* Mocht ja nix! Daans Eahna ned owe, Herr Schaffner! I hob do koa Problem damit!
*Schaffner:* Also, ich muss jetzt weiter. Wiederschaun!
*Lauerer:* Wiederschaun!
*Mann:* Pfiade!

*Der Schaffner geht.*

*Mann:* Jaja. Hauptsach, gsund samma!
*Lauerer:* Genau!
*Mann:* Es is allaweil wieder schee, wenn a weng a Unterhaltung is. I muaß's jetza schee staad packa.
*Lauerer:* Jetza scho? Es is doch no Zeit bis Landshut.
*Mann:* Des scho. Owa i muaß no aafs Klo. Weil woaßt, i sog aso: Des Klopapier, wos de deitsche Bahn zohlt, des brauch i ned zohln! Stimmts oder howe recht?
*Lauerer:* Do hams recht!
*Mann:* Also nacha, i packs dann! Des duat mir jetza direkt leid, dass i dir ned mehra lustige Gschichtn erzählt hob. De hättst nämlich dann im Radio bringa kinna oder vielleicht sogor in a Biacherl eineschreibn.
*Lauerer:* Ja mei, es war aso aa ganz nett. Vielleicht konn i ja doch des oane oder andere verwenden. Nix gwiss woaßma ned.
*Mann:* Genau! Und oans versprich i dir: Dein Nam', den mirk i mir. Weil wennst amol im Radio kimmst ... wo kimmst denn überhaupt?

*Lauerer:* Bayern 1!
*Mann:* Alles klar. Wennst dann amol kimmst, dann sog i zu meiner Fanny: „Fanny, den Mo, den kenn i! Persönlich! Der is deitlich jünger wia er ausschaut!“ Do wird's schaun! Und drum mirk i mir dein Nam'.
*Lauerer:* Des gfreit mi. Dankschön!
*Mann:* Nix zu danken. Also, servus Mauerer Done!
*Lauerer:* Pfiat Gott!

*Eine meines Erachtens schöne Einrichtung in Bayern sind die (leider immer weniger) zahlreichen Stammtische. Man trifft sich zum zwanglosen Gespräch über Gott und die Welt und genießt die vertraute Umgebung bei einer gemütlichen Halbe Bier, seit Einführung der 0,5-Promille-Grenze vermehrt auch bei einer nicht ganz so gemütlichen Apfelschorle.*
*Das Schöne am Stammtisch ist unter anderem die Tatsache, dass soziale Standesunterschiede praktisch keine Rolle spielen. Der Arzt ist genauso angesehen wie der Metzgermeister, obwohl Letzterer deutlich mehr verdient. Und die Hausfrau genießt die gleiche Hochachtung wie die promovierte Juristin, obwohl diese arbeitslos ist.*
*Gekrönt wird das Stammtischdasein durch gelegentliche Highlights wie zum Beispiel einen Ausflug oder auch eine*

# Stammtischweihnacht

*Vorstand:* Liebe Stammtischbrüder und -schwestern! Ich begrüße eich alle zu unserem monatlichen Treffen! Es ist zwar erst September, aber ich habe mir gedenkt, wir könnten schon jetzt über unsere alljährliche Stammtischweihnacht diskutiern.
*Hans:* Ja, wieso diskutiern? Mochmas holt wia alle Johr. Es gibt umasunst an Punsch und an Schweinshaxn und d'Frauen bringan Plätzln mit! Is doch allaweil recht gmiatlich.
*Vorstand:* Des scho. Owa i hob mir denkt, mir kanntma des ganze amol besinnlich gestalten.
*Sepp:* Besinnlich? Ja guat, dann singma holt vorm Schweinshaxn „Stille Nacht".
*Hans:* I konn ned singa. Wenn, dann erst noch drei, vier Punsch. Eventuell!
*Vorstand:* Naa, i moan des anders. Mir kanntma doch amol a Krippenspiel aafführn. Wos Kulturells praktisch.
*Iris:* A Krippenspiel? Des find i guat. Des waar amol wos anders als de ewige Fresserei.

*Sepp:* Also, i woaß ned. Moanst wirklich? Wer soll denn des spieln?
*Vorstand:* I hob mir do scho meine Gedanken gmocht. I seg des scho direkt bildlich vor mir. Des daad losgeh mit dem Stern von Bethlehem. Der Stern, des waarst du, Hans.
*Hans:* Wos, i? A Stern?
*Sepp:* Des passt. Weil du bist eh meistens sternhagelvoll!
*Hans:* Reißde bloß zamm!
*Vorstand:* Seids amol staad! I hätt' gmoant, dassma mir'n Hans zur Eröffnung vo dem Spiel als Stern durch's Lokal trogn. Mit an goldenen Schweif.

*Allgemeines Gelächter.*

*Hans:* I glaub, di hamma nimmer lang! I lass mir doch koan goldernen Schweif mocha! Wos glaubst, wos do los is, wenn mir a golderner Schweif aussahängt!
*Vorstand:* Jetza wort holt amol! Den Schweif, den daadma aus Papier ausschneidn und hintn an di drobicka.
*Hans:* Aso. Dann is des wos anders! Weil vorn waars a Schmarrn gwen!
*Vorstand:* Genau! Und dann daadma di im glänzerten Gewand mit dem Schweif durch's Wirtshaus trogn. Du waarst insofern da ideale Stern, weilsd ned so schwaar bist. Man muaß aa an de Träger denka.
*Hans:* Des stimmt. Also guat, okay, dann moch i den Stern.
*Vorstand:* Danke, Hans! Also, da Stern waar klar. Dann kemmand de drei Weisen aus dem Morgenland. Do hätt' i gmoant, des kanntn da Kare, da Sepp und da Rudi mocha. Besteht do Einverständnis?
*Alfons:* Da Rudi a Weiser? Also, i woaß ned.
*Rudi:* Wos soll denn des hoißn? Glaubst du vielleicht, i bin z'bläd für an Weisen? Bloß weilsd a Schullehrer bist?
*Alfons:* I hob ja bloß gmoant, dassma eventuell bessere Weise hättn als di. Owa mir is des im Prinzip wurscht, vo mir aus moch den Weisen, wennst moanst!

*Rudi:* Jetza mog i aa nimmer. A Verlegenheitsweiser will i aa ned sei. Mochna doch du, wennst so schlau bist!
*Alfons:* I mochna scho, wenn des gewünscht wird.
*Vorstand:* Jetza duats holt ned streitn! A jeder kriagt a Rolle. Alfons, daadst dann du an Weisen mocha?
*Alfons:* Wega mir scho. Owa i will fei'n Rudi ned verdrängea. Wenn er moant, dass er so weise is, dann solls er mocha.
*Vorstand:* Da Rudi kimmt scho no dro. Mir brauchma ja aa an Ochs und an Esel.
*Rudi:* Wos??? I glaub, i hör ned recht! Für an Ochs waar i ebba guat gnua? Naa, dann bin i ned einverstanden! Dann mog i doch a Weiser sei.
*Vorstand:* Jetza hamm'n Dreg im Schachterl! Alfons, daadst du eventuell als Weiser zrucktretn?
*Alfons:* Vo mir aus. Owa'n Ochs spiel i ned. Des kinnts ned vo mir verlanga. Leit, i bin a Pädagoge! I konn mi doch vor meine Schüler nimmer blicka lassn, wenn des aussakimmt, dass i a Ochs bin! Seidsma ned bös!
*Sepp:* Do hod er recht! Des is zu krass, wenn da Schullehrer an Ochsn spielt. Des waar für d'Schüler a gfundns Fressn. Mir brauchma an andern Ochsn.
*Vorstand:* Ja, und wen bittschön? I frog amol in die Runde: Wer daad freiwillig als Ochs zur Verfügung steh?

*Schweigen im Walde bzw. am gesamten Stammtisch.*

*Wirt:* Also, wennse gor koaner find, i daads dann notfalls mocha.
*Vorstand:* Kimmt nicht in Frage! Du muaßt eischenka und bei Bedarf den Lichtschalter betätigen! Du bist tabu. Als Ochs und überhaupt!
*Wirt:* Okay, wenn's aso is, dann is aso. Owa i hätts gmocht, dass a Ruah is.
*Sepp:* Jetza hätt i an Vorschlag: Franz, wennst du als Vorstand den Ochsn spieln daadst? Du host ja aa de Idee ghod mit dem Krippenspiel.

*Rudi:* Des stimmt, Franz, do hod er recht!
*Alfons:* Und wer recht hod, zohlt a Maß!

*Allgemeines Gelächter.*

*Iris:* Franz, bitte moch den Ochs, dassma weidakemma!
*Vorstand:* Hm … also guat, i moch den Ochs. Owa i hoff, dass dann ned beim Esel des gleiche Gfetz gibt. Also, da Ochs waar dann quasi i. Jetza kemma amol zu oaner vo de Hauptrollen, und zwar zu da Maria. I moan, do samma uns einig, dass des d'Iris is.
*Hans:* Du Iris, nix gega di persönlich, owa wor ned d'Maria a Jungfrau?
*Iris:* Ha-ha-ha! Sehr witzig!
*Hans:* Mei, a weng a Gspoaß muaß sei. Naa, d'Iris passt scho als Maria. Und außerdem is sowieso unser oanzige Frau, de wos heit anwesend is.
*Sepp:* Wo is eigentlich d'Sabine?
*Vorstand:* De is entschuldigt. De entbind' angeblich heit.
*Kassier:* Ach du Schande! Dann miaßma wieder a Gschenk kaffa. Hamma eh koa Geld in da Kasse!
*Pfarrer:* Ich darf doch sehr bitten! Wir sollten froh sein, wenn Gott uns einen neuen Erdenbürger schenkt! Da spielen doch ein paar Euro keine Rolle!
*Kassier:* I hob ja bloß gmoant, weil d'Kasse knapp bei Kasse is. Oder zohln Sie des Gschenk, Herr Pfarrer?
*Pfarrer:* Äh … nein. Das sollten wir schon aus der Vereinskasse übernehmen. Lieber nehmen wir dann ein etwas Kleineres.
*Vorstand:* Des zahlma und aus! Jetza mochma weida mit unsern Krippenspiel. Also, d'Iris is d'Maria. Als Josef hätt' i eigentlich mi vorgseng. Owa des is jetza hinfällig, weil i da Ochs bin. Hm … wen nehma denn als Josef?
*Alfons:* Des kannt dann i mocha. Weil als Weiser bin i ja ned drokemma wegan Herrn Rudi.
*Rudi:* Jetza bi amol staad, Schullehrer! De Weisen san erledigt! Do brauchst nimmer nochtarocken!

*Alfons:* Ja, is scho guat! I hob ja gsagt, i verzicht aaf den Weisen. Owa i daad mi dann als Josef bewerben.

*Vorstand:* Alfons, versteh mi ned falsch! Owa i find des ned guat, wennst du den Josef spielst.

*Alfons:* Wieso findst du des ned guat?

*Vorstand:* Schau dir amol d'Iris o! De is an Meter achtzge groß und du im Höchstfall oans fünfasechzge. Des schaut doch unmöglich aus! Aso a kloaner Josef und aso a Drumm Maria! Da Josef solltert scho a gwisse Respektsperson sei.

*Alfons: Empört:* Ja, bin i vielleicht koa Respektsperson?

*Vorstand:* Des scho. Rein charakterlich bist natürlich scho a Respektsperson. Owa optisch ned. Vor allem neba da Iris. Stell dir vor, d'Maria sitzt hinter da Wiege und is voll sichtbar und vom Josef segtma bloß'n Kopf. I find des ned guat.

*Rudi:* Alfons, do hod da Franz scho recht. Des schaut bläd aus. Als Josef bist du einfach zu kloa.

*Alfons:* Du redst di leicht! Du bist a Weiser, owa i bin no gor nix!

*Rudi:* Und wennst'n Esel mochst?

*Alfons:* I glaub, du spinnst! Der is ja no peinlicher als da Ochs! Und der is scho ganz schee peinlich!

*Vorstand:* Wos soll jetza des hoißn? Da Ochs bin fei i, dass des klar is! Is des vielleicht peinlich?

*Alfons: Beschwichtigend:* Naa, Franz! Des is ned gega di gricht. Für di is da Ochs angemessen, weil du bist a gstandna Metzgermoaster und über di locht koaner. Owa bei mir is wega de Schüler. Rein pädagogisch waar für mi sowohl da Ochs als auch da Esel eine glatte Katastrophe!

*Vorstand:* Ja guat, dann lassama's eigeh! Owa mir brauchma z'erst an Josef, bevorma uns um an Esel kümmern kinna.

*Pfarrer:* Äh, mit Verlaub, ich wäre auch noch frei!

*Sepp:* Des werns aa bleibn, weil a Pforrer ned heiratn derf! Hähähä!

*Pfarrer:* Ähem ... ich meine ... äh.

*Vorstand:* Also Sepp, du immer mit deine blädn Witze!

*Sepp:* Wirdma doch no an Gspoaß mocha derfa! Oder, Herr Pforrer, des wor doch ned so schlimm?

*Pfarrer:* Äh, nein, ich verstehe schon einen Spaß. Aber ich meinte natürlich, als Josef wäre ich noch frei, nicht als Ehemann.

*Vorstand:* Des is die Idee! Da Pforrer is da ideale Josef!

*Rudi:* Owa haargenau!

*Sepp:* Daad i aa sogn. Da Josef an sich! An bessern gibt's gor ned! Meines Erachtens!

*Kare:* Dassma do ned glei draafkemma san!

*Vorstand:* Mit'n Redn kemmand d'Leit zamm. Also, da Josef waar erledigt. Und jetza miaßma uns wohl oder übel mit'n Esel befassn.

*Rudi:* Eine Frage: Wo is eigentlich unser Herr Doktor heit?

*Vorstand:* Da Meik-Thorsten? Der hod Nachtschicht im Krankenhaus!

*Rudi:* Und wenn der'n Esel spieln daad? I moin, is bloß a Vorschlag.

*Vorstand:* Mensch, genau! Der passt! Der hod eh ziemlich graue Hoor. Des waar optisch stimmig.

*Hans:* Da Meik-Torsten waar direkt a würdevoller Esel. I find, den solltma nehma.

*Iris:* I aa. *Lacht plötzlich über sich selber.* „I aa", des hörtse direkt eselhaft o!

*Alfons:* Glaubts ihr, dass des dem Meik-Thorsten passt, wenn er da Esel is? Is des rechtlich überhaupt in Ordnung, wennma oan in Abwesenheit zum Esel mocht?

*Vorstand:* Des erklär' eam scho! Und es is ja aa vo da Rolle her ideal. Weil da Esel is koa Sprechrolle und da Meik-Thorsten duatse eh hart mit sein sächsischen Dialekt. Do is gscheida, er sagt nix. Wißts ja alle, wia's is: Wenn der wos sagt, locht alles! Des waar für d'Besinnlichkeit ganz schlecht!

*Sepp:* Genau! Da Esel passt für eam. Und da Meik-Thorsten, des is oana, der gfreitse, wenn er überhaupt mitspieln derf.

*Vorstand:* Eben! Also, da Esel is geklärt. So, jetza brauchma no an Engel.

*Alfons:* I bin fei allaweil no nix! Jetza wirds dann langsam eng!

*Vorstand:* Owa als Engel bist aa zu kloa, Alfons! Da Engel, des muaß a große, majestätische Erscheinung sei! Des is einfach nix für di. Stell dir des vor, do kemmand drei gstandne Weise aus dem Morgenland daher, und dann steht do aso a windigs Engerl umanada. Des is nix. Des muaßt eiseng, Alfons!
*Alfons:* Ja, owa ...
*Hans:* Moment, Alfons! Entschuldige de Unterbrechung, owa i hätt' an Vorschlag: Nehmts holt'n Alfons als Stern mit dem goldernen Schweif, dann moch i den Engel! Da Alfons als kleinwüchsiger Mensch waar für de Sternträger aa angenehmer.
*Alfons:* Also gell, kleinwüchsig bin i fei ned!
*Hans:* Ned direkt, Alfons. Owa groß bist aa ned, des muaßt zuagebn.
*Vorstand:* Hans, des fangma gor ned o! Du bist scho als Stern im Protokoll drin und bleibst aa drin! Ausgmocht is ausgmocht! Du bist da Stern und aus!
*Hans:* Ja guat! I hätts ja bloß guat gmoant. Mir persönlich is ja des wurscht, ob i a Stern oder a Engel bin.
*Vorstand:* Des is nobel vo dir, Hans, owa du bleibst da Stern.
*Rudi:* Du, Franz: Da Ernst kannt doch den Engel mocha!
*Ernst: Wehleidig:* Omei! I woaß fei ned, ob des ebbs is für mi. I bin ned recht fit mit mein Mogngschwür. Schauts mi o, wia kaasig dass i bin!
*Rudi:* Ja eben! Des is ja des! A Engel is ja grundsätzlich a bleiche Erscheinung. Des waar ideal für di. Weil an sich is ja a Engel scho gstorbn.
*Vorstand:* Ernst, do muaß i'n Rudi recht gebn. Du host a richtig noble Blässe. Und du bist aa recht hager wordn, seit dass du Diät leben muaßt. Versteh' mi ned falsch, owa so gseng is dei Mogngschwür dramaturgisch wertvoll. Sog ja, dann bist a Engel!
*Ernst:* Also guat, in Gotts Nam'!
*Vorstand:* Dankschön, Ernst! Und guade Besserung! Owa ned zu guade, weil kaasig sollterst im Dezember scho no sei.
*Ernst:* Hoffma's Beste!
*Rudi:* Gratuliere, Ernstl!
*Ernst:* Dankschön, Rudi!

*Vorstand:* So, jetza kemma zum Höhepunkt: Das Jesukindlein! Mir brauchma natürlich a zentrale Figur als Jesukindlein. Des soll unschuldig sei und vor allen Dingen kloa!
*Alfons:* Ja, und wenn i ...
*Vorstand:* Also Alfons! Jetza wirst owa kindisch! Du als gstandner Schullehrer konnst doch koa Jesukindlein spieln! Du bist doch viel z'groß!
*Rudi:* Da Jesus wor doch koa so a Prackl Kind ned!
*Alfons:* Ja fix!
*Pfarrer:* Na na, Herr Lehrer!
*Alfons:* Ach, weil's wohr is! Amol bine z'kloa, dann bine z'groß! Des is fei a Sauerei! Wenns mi ned dabeihobn wollts, dann sagtses glei! Dann kenn i mi aus und dann geh i.
*Vorstand:* Alfons, spinn doch ned! Natürlich wollma di dabeihobn! Woaßt, für wos mir di braucha? Grod follts mir ei: Mir brauchma di unbedingt als Regisseur! Ohne Regisseur geht doch gor nix. Du hättst dann praktisch de künstlerische Gesamtleitung!
*Alfons:* Ehrlich? Dann waar ja i praktisch da Chef vo dem ganzn Krippenspiel?
*Rudi:* Sowieso, Alfons! Du bist da Boss!
*Alfons:* Ja, dann is des in Ordnung. Des konn i vor meine Schüler vertreten.
*Vorstand:* Eben! So, des hättma dann aa erledigt. Owa mir brauchma trotz allem no a Jesukindlein. Hm ... Mensch, jetza kimmtma wos! Wennma einfach'n Wirt sein Sohn nehma daadn? Wia hoaßta wieder?
*Rudi:* Kuchler!
*Vorstand:* Ja, des is scho klar. I moan ja, wia er mit Vornam' hoaßt!
*Rudi:* Aso! Marcinho!
*Vorstand:* Genau! Der kannts doch mocha, oder?
*Rudi:* Ja, der passert, daad i sogn.
*Sepp:* Jawohl, worum ned!
*Iris:* Ja, er is aa aso a migerts Kind!
*Vorstand: Ruft in die Küche:* Du Heinz! Kimm amol aussa!

*Wirt:* Wos isen los?
*Vorstand:* Du Heinz, amol a Frage: Wia olt is dei Sohnemann?
*Wirt:* Da Marcinho? Vier Johr wird er im November.
*Vorstand:* Ideal! Woaßt wos, Heinz? Den nehma bei unsern Krippenspiel eiskalt als Jesukindlein! Der passt wie die Faust aafs Auge!
*Wirt:* Owa mir samma fei evangelisch!
*Vorstand:* Ach du Scheiße! An des hob i ned denkt. Dann geht's natürlich schlecht. Saxndi!
*Pfarrer:* Na na, Franz!
*Vorstand:* Oh! Tschuldige, Pforrer! Hargottseitn, wen nehma denn do als Jesukindlein?
*Rudi:* I hätt'a drumm Puppn dahaom. De passert. Sie kannt holt nix sogn. Bloß wennma hintn draafdruckt, sagts „bööö".
*Vorstand:* Is de katholisch?
*Rudi:* Sowieso!

*Allgemeines befreites Gelächter.*

*Vorstand:* Also, dann hättmas! I hoff, a jeder is mit seiner Rolle zufrieden. Nehmts eich a Beispiel an mir, i bin da Ochs und gfrei mi trotzdem! Mit de Proben fangma nacha im Oktober o. Und i ruaf jetza dann'n Meik-Thorsten im Krankenhaus o und sog eam, dass er a Esel is.
*Rudi:* Der wird a Freid hobn! Hähähähä!
*Vorstand:* Des konnst laut sogn! Also, bevorma zum gemütlichen Teil übergenga, noch ein Gemeinschaftsprost und ein kurzer Trinkspruch: „Uns hungert meistens und dürstet immer, Hunger ist schlimm, doch Durst noch schlimmer!"
*Rudi:* Super, Franz! Wia's dir bloß immer eifollt!
*Vorstand:* Jamei, des liegt mir einfach. Die Versammlung ist geschlossen. Prost!

# Im Biergarten

Viele Tage sind es nicht, an denen man in unseren Breiten einen Biergarten aufsuchen kann, ohne dass man sich warm anziehen muss. Bis Ende Mai sind die Nächte noch zu kalt, und ab August werden sie schon wieder frisch. Dazwischen liegt die Schafskälte im Juni und die Regenperiode im Juli. Ganz zu schweigen vom böhmischen Wind, der sowieso immer weht.

Aber wenn es einmal wacherlwarm sowie fast windstill ist und trotzdem kein Gewitter am weißblauen Himmel steht, dann hält mich nichts mehr. Ich nehme meine Frau, meine zwei Kinder und meine Allergietabletten mit, und ab geht's in den Biergarten. Wie immer mault der Nachwuchs, weil es im Biergarten weder Fernseher noch Nintendo noch Computer gibt, aber das nehme ich nicht ernst. Weil wenn es nach diesen verzogenen Bankerten ginge, müssten sogar in die Kirchenbank Joysticks eingebaut sein. Meine Frau überlegt noch, ob wir vorsichtshalber nicht doch warme Jacken und Schirme mitnehmen sollten. Obwohl ich darauf hinweise, dass der Wetterbericht für die nächsten drei Tage „heiß und wolkenlos" angekündigt hat, müssen wir das ganze Geraffel mitschleppen, weil ich nach Aussage meiner Frau bei feuchtem Wetter Kreuzweh bekomme und sie sich das Gejammere nicht anhören will. Ich weiß zwar nicht, wo das feuchte Wetter herkommen sollte, das ist mir aber jetzt auch wurscht, und wir setzen uns in Bewegung: Ein (noch) begeisterter Biergartengeher, eine nach Gewitterwolken Ausschau haltende Ehefrau und zwei grantige Kinder.

Kaum sitzen wir, fragen die Sprösslinge, wann wir wieder nach Hause gehen, weil im Fernsehen ein Film mit Zombies kommt, und meine Frau erinnert mich daran, dass um dreiviertel sieben Uhr die Lindenstraße beginnt und ich deshalb höchstens eine Maß trinken könne. Wie höchstens? Weniger als eine geht ja gar nicht, weil das wären ja dann null Maß. Sie redet zwar etwas von einer Halben daher, aber Kinderportionen nehme ich aus Prinzip nicht zu mir. Beim Essen nicht und beim Trinken schon zweimal nicht! Gottseidank kommt überraschend schnell die Bedienung und fragt uns nach unseren Wünschen. Eine Maß Bier für mich, eine Portion Kaffee (mit Milch, ohne Zucker) für die Gattin und je ein Limo für die Kinder. Kaum hören diese das Wort „Limo", schreien sie im Duett: „Koa Limo! A Spezi wüllma!"

Also gut, von mir aus. Obwohl sie dann bestimmt vor Mitternacht wieder nicht einschlafen können. „Owa mit Strouhholm!", plärren sie der Kellnerin noch nach.

Ich erfreue mich gerade am kurzen Röckchen derselben, als die Kinder nach wenigen Sekunden fragen, wieso das Spezi noch nicht da sei. Nach weiteren wenigen Sekunden flennen sie, weil sie den Tod durch Verdursten befürchten. Normal würde ich mich jetzt aufregen, aber in Erwartung einer frischen Maß ist es mir wurscht. Um die Wartezeit trotzdem zu überbrücken, schlage ich den ausgetrockneten Gören vor, einstweilen auf der nahen Rutschbahn zu rutschen. Man hört nur mehr „des is voll kuul" und weg sind sie.

So ist's recht, jetzt kann ich dann wenigstens mit Genuss mein Bier trinken! Außerdem müssen wir in Ruhe überlegen, was wir zum Essen bestellen. Während meine Frau sich überraschend schnell für eine ordinäre neumodische Currywurst mit Pommes entscheidet, steht mir als konservativem Menschen der Sinn nach einem original bayerischen Döner. Weil dieser aber „ausferkauft" (stand wirklich so auf dem Schild!) ist, werde ich einen Obatztn nehmen. Denn nichts ist befreiender für die geplagte Seele als ein herzhafter Kopperer, bestehend aus Bier-, Käse- und Zwiebeldampf!

Da schau her, unsere Getränke kommen schon und wir können die Brotzeit in Auftrag geben. Nachdem dies geschehen ist, setze ich zum ersten wohlverdienten Schluck an, als ein markerschütternder Schrei vom Spielplatz her ertönt. Sofort erkennen unsere leidgeprüften Ohren den Urheber: Unser Sohn! Ein kräftiger Bierschwall gerät mir vor Schreck in die Luftröhre und rinnt durch die Nase wieder heraus. Meine Frau springt auf, verschüttet die Hälfte des Kaffees, und wir rennen besorgt zum Nachschauen. Als wir am Spielplatz ankommen, sehe ich fast nichts mehr, weil mir das Bier nicht nur aus der Nase, sondern scheinbar auch aus den Augen rinnt. Wie kann man sich nur dermaßen verschlucken!

Gott sei Dank schreit unser Sohn noch. Weil wer schreit, der lebt. Er liegt am unteren Ende der Rutschbahn. Aufgrund der übereinstimmenden Aussagen mehrerer grinsender minderjähriger Augenzeugen stellt sich folgender Unfallhergang heraus:
Ein „alter“ Mann von ca. 40 (!) Jahren hatte jedem von ihnen, auch den meinigen, einen Lutscher geschenkt. Mein Sohn erklomm, in der rechten Hand den Lutscher, die Rutschbahn und rutschte, in der rechten Hand immer noch den Lutscher, jubelnd hinunter. Der Jubel war jedoch sofort beendet, als er unten ankam. Er landete nämlich, ungelenk, wie er vom Vater her ist, auf dem Gesicht und der Lutscher, den er immer noch krampfhaft festhielt, bohrte sich tief in seinen kleinen Rachen.

Ein zirka achtjähriger, stark übergewichtiger Knabe, der bratwurstmampfend und lutscherlutschend danebenstand, meinte lapidar: „Aso a Depp!“ Und wenn er hundert Mal recht hat: So etwas braucht er zu meinem armen Kind nicht zu sagen! Wenn jemand meine engsten Familienangehörigen als Deppen bezeichnet, dann ich! Der wamperte Fratz hat bloß Glück, dass ich jetzt meinen Sohn trösten muss. Wenn ich Zeit hätte, würde ich dem ungehobelten Vielfraß die Hammelbeine langziehen.

Die Tröstung erweist sich gottlob als sehr einfach, weil außer einem gebrochenen Lutscher keinerlei Verletzung vorliegt, und fünf Minuten später sitzen wir wieder an unserem Tisch. Schlagartig erinnern sich die Kinder, dass sie ja eigentlich am Verdursten waren und greifen hastig zum Spezi. Die Hast der Tochter ist zu groß: Der Strohhalm bohrt sich ins linke Nasenloch, und sie leidet sofort unter Nasenbluten. Vorwurfsvoll schaue ich meine Frau an. Jetzt hat sie es! Ich habe ihr schon hundert Mal gesagt, dass weiße Kleidung für Kinder nichts ist. Zwei dunkelrote Blutflecken zieren das weiße Sommerkleidchen. Hätte sie ein rotes Kleid gekauft, hätte das Kind bluten können, soviel es will, es wäre überhaupt nicht aufgefallen.

Erfreulicherweise ist das Nasenbluten so schnell vorbei, dass unsere Tochter das Weinen vergisst. Obatzter und Currywurst kommen, und ich freue mich des Lebens und der Maß. Wie ich mich gerade so freue, bemerke ich eine Wespe am Rand meines Maßkruges. Diese Tierart war für mich schon immer ebenso sinnlos wie hinterhältig. Wahrscheinlich will sie sich auf meine Kosten einen ansaufen, und im Suff sticht sie mich dann. Es ist nämlich schon oft passiert, dass im Suff einer zugestochen hat, auch bei Menschen. „Daschlogn solltma's alle, de Wessnkrippln!", sage ich voller Verachtung zu meiner Frau. Das hätte ich nicht tun sollen, denn auch mein Sohn hat es gehört. Normal tut er nie das, was ich sage, aber jetzt tut er es. Und zwar gründlich! Er haut voller Zorn auf meine zu drei Vierteln volle Maß. Die Wespe entschwindet nach oben, weil sie Flügel hat. Das Bier hingegen hat keine. Deshalb entschwindet es nach unten, dorthin, wo meine Hose ist, eine beige. Ich habe keine Chance und meine Hose auch nicht: Der Gerstensaft ergießt sich über das Gebiet des Hosentürls. Wie ich jetzt ausschaue! Wie ein Suffkopf, der es nicht mehr halten hat können. So eine Blamage!
Jetzt mag ich den Obatzten auch nimmer, jetzt ist mir alles vergangen. Mir fällt spontan mein Freund Erwin ein. Der trinkt die erste Maß immer auf Ex. Jetzt weiß ich auch, warum.

Und meine Frau? Die isst ihre Currywurst und lacht! Sie, die einmal versprochen hat, auch in schlechten Zeiten zu mir zu stehen, weidet sich an meinem Elend.

Ich habe dann ziemlich schnell bezahlt, und wir sind zeitig nach Hause gegangen, so dass die Kinder ihren Zombiefilm noch sehen konnten. Wie mich die Leute, die uns beim Heimgehen entgegengekommen sind, angesehen haben, das mag ich gar nicht näher beschreiben. Wahrscheinlich hat ihnen meine Frau leid getan, weil sie einen Trunkenbold erwischt hat, noch dazu einen blasenschwachen.

So schnell gehe ich nicht mehr in den Biergarten. Da müsste ich schon einen ganz besonderen Grund haben. Durst zum Beispiel.

# Elternsprechtag

*Mutter:* Griaß God! I bin d'Frau Bink. I waar do wega mein Sohn. Sans zfriedn mit eam?

*Lehrer:* Bink? Bink? Ach, der Ludwig Bink! Ja, im Großen und Ganzen bin ich schon zufrieden mit ihm.

*Mutter:* Des gfreit mi. I kannt aa nix sogn über eam. Mei, wia holt d'Kinder aso san, gell.

*Lehrer:* Jaja, Frau Bink. Wie halt Kinder so sind.

*Mutter:* Und sunst?

*Lehrer:* Sonst? Also, ich finde, er hat eine relativ gute Auffassungsgabe.

*Mutter:* Des stimmt! Des is dahoam ned anders! I wenn sog „Ludwig, hol mir Zigrettn!", der begreift des sofort und holts. Er hod wirklich mords eine Auffassungsgabe. Und des mit 11 Johrn!

*Lehrer:* Ach was!

*Mutter:* Wenne's Eahna sog! Der begreift unheimlich schnell. Mit'n Bierholn is grod aso. I wenn bloß durstig schau, dann rennt er scho. Er rennt überhaupt gern!

*Lehrer:* Schau einer an! Ja, das fällt mir auch im Unterricht auf. Ludwig hat einen sehr großen Bewegungsdrang.

*Mutter:* Des hod er vo sein Voda. Der hod aa koan Sitzerten: Aussa vom Wohnzimmer, eine in d'Speis, aussa vo da Speis, eine ins Wohnzimmer, aussa vom Wohnzimmer, eine ins Klo, aso geht's den ganzen Dog. Ein oanziges G'renn! Bloß im Wirtshaus, do hockt er stundenlang. Der hod bloß an Bewegungsdrang *zum* Wirtshaus, *im* Wirtshaus hod er dann koan mehr.

*Lehrer:* Jaja. So ist halt das Leben.

*Mutter:* Jetza hammses gsagt! Do konnma nix macha. Und aso, allgemein?

*Lehrer:* Wie allgemein?

*Mutter:* Da Ludwig. Passt er?

*Lehrer:* Wie gesagt, er nimmt sehr viel von dem auf, was man ihm sagt.
*Mutter:* Ehrlich? Hod der Hunzkrippl sein Cassettenrecorder in da Schul dabei? I hob eam scho hundert Mol gsagt, er soll des elektrische Glump dahoamlassn!
*Lehrer:* Nein, Frau Bink, so war das nicht gemeint! Ich wollte damit sagen, dass er geistig sehr viel von dem aufnimmt, was man ihm sagt.
*Mutter:* Aso, geistig! Ja guat, dann is des wos anders. Geistig is ned schlecht, weil er möcht ja eventuell sowieso amol a Geistiger werdn!
*Lehrer:* Ein Geistiger?
*Mutter:* A Pforrer holt!
*Lehrer:* Ach so, ein Pfarrer! Sie meinen einen Geistlichen!
*Mutter:* Konnma aa sogn. Aaf jeden Fall hod er immer de größte Freid, wenn er den vollen Opferkorb in da Kircha segt. Und seit eam mei Mo gsagt hod, dass des Geld da Pforrer kriagt, will er aa oana werdn. A Schlawiner isa scho, unser Ludwig!
*Lehrer:* Ja? Hahaha! Wie sie halt sind, die Kinder. Aber wie gesagt, im Großen und Ganzen kann man zufrieden sein mit ihm.
*Mutter:* Und mit den andern Kinder hod er koi Probleme? Kimmt er guat aus mit denen?
*Lehrer:* Sie meinen sein Sozialverhalten?
*Mutter:* Naa, i moin, ob er guat mit denen auskimmt!
*Lehrer:* Äh … er ist sogar relativ beliebt in der Klasse.
*Mutter:* Relativ? Wieso relativ?
*Lehrer:* Nun ja, den Gronzner Sven kann er anscheinend nicht leiden. Da gibt es ständig kleinere Reibereien und Sticheleien. Obwohl sie doch Nachbarskinder sind.
*Mutter:* Do brauchas Eahna nix denka. Mit de Gronzner samma mir dodal übers Kreiz! De san so eine Bagage, des kinnans Eahna gor ned vorstelln! De hammand uns ozeigt, bloß weilma im Gortn a poor Autoreifen verbrennt hamma. An Johanni! Des is doch a olter christlicher Brauch, owa des wissen ja de Fischköpf ned. Aso ein Gschwerl! De gengand aa ned in d'Kircha. Des sagt scho alles!

*Lehrer:* Naja.
*Mutter:* Und jetza sog i Eahna no wos: Er, 'n Sven sei Voda, wissns, wann der sein Rasen maaht?
*Lehrer:* Nein.
*Mutter:* Am Vormittag um elfe, wennme i noch'n Frühstück a weng hileg! Dann maaht der Rasen! Ein Gschwerl hoch drei! Do brauchans Eahna nix denka, wenn unser Ludwig dem Sven ab und zu oane batzt. Des schod eam ned.
*Lehrer:* Naja. Grundsätzlich gehen mich ja derlei Privatfehden nichts an. Aber der Sohn kann ja eigentlich nichts dafür.
*Mutter:* Des wird da gleich Verbrecher wia sei Voda. Der schaut scho aso. So verdruckt!
*Lehrer:* Also, hier in der Schule macht der Sven eigentlich keine Probleme. Aber egal, es geht ja heute nicht um den Sven, sondern um Ihren Sohn, Frau Bink!
*Mutter:* Genau! Wos geht mi der Fratz vo de Gronzner o! Vo mir aus geht der in d'Baamschul, des is doch mir wurscht! Sie, Herr Lehrer, amol a Frage: Daadn Sie sogn, dass unser Ludwig für's Gymnasium geeignet waar?
*Lehrer:* Ja ... äh ... also, ich meine ... äh, ob da meine Meinung so wichtig ist?
*Mutter:* De is mir sehr wichtig! Wos moanen Sie? Waar des wos für eam?
*Lehrer:* Also, aus meiner Sicht, also, was mein Fach betrifft, hätte er vermutlich keine Probleme.
*Mutter:* Genau des hob i mir denkt! Sie san da oinzige Lehrer, der wos des Talent vo mein Buam erkennt. Da ander Hamperer, der wos Mathe und Deitsch gibt, wissns, wos der zu mir gsagt hod: Unser Ludwig waar vom Level her im Gymnasium überfordert. Vom Level her! Aso ein Knallkopf! Für mi hod er Mo keine Ahnung und kein Niveau.
*Lehrer:* Naja, so kann man das nicht sagen. Der Kollege wird sich schon was dabei gedacht haben.
*Mutter:* Der ned! Sie sogn doch selber, dass da Ludwig im Gymnasium vermutlich keine Probleme hätt'.

*Lehrer:* Ich sagte, in meinem Fach! Für Deutsch und Mathe kann ich natürlich nicht sprechen. Und das sind immerhin Hauptfächer!
*Mutter:* Daans Eahna ned selber aso owasetzn! Sport is aa wichtig!
*Lehrer:* In gewisser Weise schon.
*Mutter:* Also nacha!

*Bevor ich die nächste Geschichte erzähle, ist es mir ein Anliegen, folgendes festzustellen:*
*Einen Großteil unseres heutigen Wohlstandes verdanken wir der Sparsamkeit, dem Fleiß und der Bescheidenheit unserer Eltern- und Großelterngeneration. Sie haben sich nichts gegönnt, damit wir es einmal besser haben. Und wir haben es besser, deutlich besser sogar. Also sollten wir ihnen dankbar sein. Sind wir auch! Es gibt aber Situationen, wo man den Hang zur Sparsamkeit etwas unterdrücken sollte, um nicht unangenehm aufzufallen. Zum Beispiel*

# Im Vier-Sterne-Restaurant

Wia unser Tante Frieda 75 Johr olt wordn is, hamma uns denkt, mir ladma's fein zum Essn ei. Weil erstens ghörtse des, dassma sei Tante amol zum Essn eilad, zwoatns woaßma nie, wosma an ältern Menschen zum Geburtstag kaffa soll und drittens is d'Tante Frieda ledig, hod koi Kinder und zwoa Heiser.
Owa ned dass des jemand falsch versteht: Mir hamma d'Tante natürlich ned eigladn, weil's zwoa Heiser hod! Um Gottes Willen! Mir hättmas aa eigladn, wenn's drei hätt'!
Und dass sie amol wos Exklusives erlebt, samma mit ihr in d'Stodt gfohrn in a echts Vier-Sterne-Restaurant.

Wiama's dahoam abgholt ham, hods des gsagt, wos sie immer sagt, wennma's abholn: „Moment, i mou no bieseln!" Noch'm Bieseln hods dann no kontrolliert, ob da Ofa aus is und ob da Wellensittich a Wosser hod und dann samma gfohrn.
Im Auto hods dann gsagt, dass des eigentlich gor ned braucht und dassma unser Geld sporn solln für schlechte Zeiten. Des sagts übrigens an jedem Geburtstag, egal, wosma ihr schenkt. Wenn alle aso waarn wia unser Tante Frieda, dann hätts des deitsche Wirtschaftswunder ned gebn, weil neamad wos kafft hätt' und gsport hätt' für schlechte Zeiten.

„Tante", hob i gsagt, „dua di ned owe! Für schlechte Zeiten hamma scho a weng wos aaf da Seitn!"
Und außerdem: So schlecht kinnan d'Zeiten gor ned werdn, dass da Tante Frieda ihrane zwoa Heiser nimmer glanga daadn! Des hob i allerdings ned gsagt, sondern bloß denkt.

Wiama im Restaurant okemma san, hob i vorsichtshalber no gsagt: „Tante, du derfst dir heit bestelln, wos du magst! Du bist unser Gast! Denk dir nix!"
Noch der obligatorischen Antwort: „Des brauchts doch ned" samma eine.
An da Garderobe wollts ihran Mantel ums Varrecka ned hergebn, weil's drin im Lokal eventuell z'kolt is und weil's dann wieder Probleme mit de Niern hod. Außerdem kost d'Garderobe wos, und des brauchts doch ned. De Frau an da Garderobe hod zwar gsagt, dass im Lokal angenehm worm is, owa d'Tante hodse durchgsetzt. Es wor übrigens da 12. August und draußt hods 30 Grod im Schatten ghod. Und des aaf d'Nacht um sieme!

Im Lokal samma ned glei am Tisch higanga, weil d'Tante hod vorab bieseln miaßn. Wia's wieder zruckkemma is, hods gsagt, dass des Klo gor ned schmeckt wia a Klo, sondern wia a frischgwoschne Wäsch'. Dann samma endlich an unsern vorbstelltn Tisch gsessn.
Da Ober is glei kemma und hod gfragt, obma an Aperitif wolln. Bevor i antworten hob kinna, hod d'Tante gsagt: „Ned dass Sie glauben, i geh' allaweil in so deierne Wirtsheiser! I bin heit bloß mitganga, weil's mi eiglodn ham, weil i 75 werd'! Des is übrigens mei Neffe, da Toni und des is sei Wei." Und dann hods no gsagt: „A scheens Klo habts, mei liawa!"
Da Ober hod ned so recht gwisst, wos er sogn soll, drum hob i glei de Aperitifs bstellt. Für mei Frau und mi an Sherry, d'Tante wollt an Eierlikör. Den hams owa ned ghabt, dann hods a kloans Radler gnumma, owa ned zu kolt wega de Niern! Bei „Radler" hod da Ober zwar a weng komisch gschaut, owa dann hoda gmurmelt „sehr wohl" und is furt.

„Tante Frieda“, hob i gsagt, „du brauchst di doch vor dem Ober ned rechtfertigen, weils'd in an deiern Lokal isst! Des geht doch den Mo nix o, obma mir di eilodn oder ned!“
„Naa“, hods gsagt, „des mou i dem scho sogn! Wos sollse denn der vo mir denka? Der moint doch, i wirf mei Geld fürs Fenster ausse!“
Mei Frau is scho a bisserl nervös wordn, owa bevor's wos sogn hod kinna, is Gott sei Dank da Ober mit unsere drei Aperitifs bzw. mit zwoa Aperitifs und an lauworma kloan Radler kemma. Drei Speisekortn hoda aa mitbrocht.
„Des hätts fei ned braucht“, hod d'Tante gsagt. „Mir hättma in oa Kortn aa eineschaun kinna. Mir samma ja verwandt!“
Da Ober hod wieder ned recht gwisst, wos er sogn soll und is ganga.
Dann hod d'Tante mit an herzlichen „Prosit“ ihra Bluatdrucktablettn owegschwoibt, und i hob gsagt, sie sollse wos guats zum Essn aussuacha.
Mei Frau und i hamma in Ruhe unser Speisekortn ogschaut und d'Tante hod de ihra aa glesn, allerdings laut. Kaam hods ogfangt, is d'Schimpferei scho losganga: „Des soll a nobls Wirtshaus sei? Und dann stengand de oltn D-Mark-Preise no aaf da Speisekortn?“
„Tante, des san koi D-Mark-Preise! Des san scho Euro!“, hod mei Frau zu ihr hizischt. I hob mir denkt, i muaß zur Beruhigung aa no wos sogn: „Owa denkda nix, Tante! Du bist unser Gast!“
Scheinbar hodse d'Tante doch wos denkt. „Wooos?“, hods gsagt, „ehs werds mir doch ned weismocha wolln, dass do a Spargelcremesuppn 8 Euro kost! Des waar ja in D-Mark no a Wucher! Und do schau her: A Lachscremesuppn 9 Euro! Do werfans a poor Bröckerln Dosnfisch eine und an Batzn Rahm und des wars dann! Und für des nacha 9 Euro verlanga! Des kost denen im Höchstfall oan Euro, eher wenga!“
„Tante, ned so laut, d'Leit schaun scho her!“

Neba uns am Nachbartisch is nämlich a Näger gsessn mit an Nadelstreifenanzug und hod mei Tante ganz befremdet ogschaut.

Und anstatt dass sie wegschaut, sagts zu eam: „Kinna Eahna Sie des als Näger leistn? Dahoam in Afrika dahungern d'Leit und Sie essn a Suppn um 9 Euro. I find des ned in Ordnung, des sog i Eahna scho!"
Gott sei Dank hodas scheinbar ned verstandn. Trotzdem hob i eigreifa miaßn, bevor no wos peinlichs passiert. I hob zu dem Mo „a good" gsagt, des hoißt „an Guatn" aaf englisch, und dann hob i mir d'Tante vorgnumma. „Mensch Tante, bi holt staad und lass' den Mo in Ruhe sei Suppn essn! Der konn doch aa nix dafür, dass in Afrika orme Leit gibt. Suachda liawa aus, wos du bstelln willst, dassda's woaßt, wenn da Ober kimmt! Außerdem sagtma ned ‚Näger', sondern ‚Farbiger'!"
„Ja frale", hods gmoant, „wenn der farbig is, dann friß i an Besn. Der is doch kohlaschworz!"
Gega aso a Einstellung host du keine Chance. „Glei wird da Ober kemma und d'Bestellung aafnehma und dann woaßt ned, wos du magst!", hodse mei Frau eigmischt.
D'Tante Frieda hod glei klargstellt, dass sie koa Suppn ned isst, weil des a Sauerei is mit de Preise und hod umblattlt zu de Vorspeisen.
Dummerweise warn de erste Vorspeis „6 ökologisch kontrollierte Weinbergschnecken in zerlassener Kräuter-Knoblauch-Butter mit knusprigem Toast". 13 Euro! Do hodse dann d'Tante gor nimmer beruhigen kinna. „Habts des gseng? Do kost oa Schneck über vier Mark! I zohl doch ned 13 Euro dafür, dassma beim Hischaun scho schlecht wird! De solln amol zu mir in mein Gmiasgartn kemma, wenn's a feichts Weda hod. Do kriangs 100 Schneckn umasunst!"
Normal hätt' i da Tante Frieda erklärn miaßn, dass des aaf da Speisekortn andere Schnecken san wia de brauna Schleimbatzn in ihran Gortn. Owa i hob einfach nimmer de innere Kraft ghod und bloß ghofft, dass da Ober glei kimmt. Manchmal muaßt dir fei zwoa Heiser wirklich sauer verdiena. Wenn i jedn Dog mit da Tante Frieda zum Essn geh miaßert, kannt i de Heiser sowieso nimmer nutzn, weil i im Irrenhaus waar.

Gott sei Dank is dann da Ober kemma.
„Und? Haben die Herrschaften schon gewählt?"
„Tante, sogs du z'erst! Du bist's Geburtstagskind!", hod mei Frau gsagt.
„Also, a Suppn iß i ned, de is mir z'deier!"
„Tante, du bist doch unser Gast!", hob i ganz verzweifelt gwinslt. „Schau doch ned allaweil aaf'n Preis und iß des, wos dir schmeckt und ned des, wos billig is!"
Da Ober hod mi so richtig mitfühlend ogschaut. I glaub, der hod eventuell aa a Tante mit zwoa Heiser.
„Dann vielleicht eine Vorspeise?", hoda ganz vorsichtig vorgschlogn. De Frage hob i befürchtet, weil als Antwort is vo da Tante sofort kemma: „Pfui Deifl! I mog scho koan Schneck ned oglanga, geschweige denn essn! Mir wennst ned gangst!"
Owa da Ober war a hirta und hod ned so schnell aafgebn. „Vielleicht ein Shrimpscocktail? Oder hauchdünn geschnittener Südtiroler Schinken – luftgetrocknet? Mhhh ..., kann ich wärmstens empfehlen! Mit knusprigem Fladenbrot!"
Mir is scho fast's Wosser ausm Maal aussagloffa, aso hod mi ghungert, und i hob für mei Frau und für mi den hauchdünna Schinkn bstellt. Da Tante is scheinbar nix im Mund zammgloffa, weil sie hod bloß gsagt: „Des brauchts ned, mir glangt a gscheide Hauptspeis!"
Dann hods umblattlt zu de Hauptgerichte. Do san de tollsten Sachen duatgstandn: Französische Spezialitäten, do wo scho da Nam' appetitlich klunga hod, argentinische Riesensteaks, Hummer, Seezunge ..., kurz gsagt: Alles, was das Herz bzw. da Mogn begehrt!
Und wos wollt unser Tante? A Wiener Schnitzl! Des waar ja no ganga, weil es hod tatsächlich oans gebn. Owa sie wollt an bsondern Gag mocha und hod zu dem Ober gsagt: „Is des in so feine Wirtsheiser allaweil aso, dass da Preis vo de Speisen in da typischen Landeswährung higschriebn wird?"
Da Ober hods ned kapiert (i momentan aa ned) und hod gfragt: „Wie belieben?"

„No, der Preis beim Wiener Schnitzl! 26,50, des kinnan doch bloß Schilling sei, oder?"
„Äh, nein, das sind Euro, gnä ... gnädige Frau!" Da Ober war so dakemma, dassa direkt gstottert hod.
Des war der Zeitpunkt, wo i eigreifa hob miaßn, sunst hätts mei Frau zrissn vor Zorn. Z'erst hob i ganz staad zu ihr umezischt: „Zwoa Heiser san zwoa Heiser", und dann hob i laut zum verstörten Ober gsagt: „Des war bloß a Witz mit de Schilling! Mei Tante is a recht a lustige Frau. Sie nimmt des Wiener Schnitzel. Und zahln duas i!"
Mei Frau und i hamma uns je an frischen Spargel mit Schweinefilet und Sauce Hollandaise (28 Euro) bstellt. Zum Trinka zwoa Schoppen französischen Rotwein (9 Euro pro Schoppen). I woaß ned, wiama'n schreibt, owa man sagt „Boscholä".
D'Tante wollt partout nix mehr zum Trinka bstelln, weil „a kloans Radler glangt für an ältern Menschen". Und wenn überhaupt, dann wollts a Karamalz und des hams ned ghod.

Wia da Ober weg war, hob ihr nomol ins Gwissn gred: „Mensch, Tante Frieda! Hör holt amol aaf mit dera ewigen Jammerei über de Preise! Mir hamma di in a feins Restaurant eiglodn und damit basta! Du bist uns des wert, zenalln!"
„Owa 26 Euro fuchzge für a Schnitzl! Für des Geld koch i dahoam a Wocha lang!"
„Des mog scho sei, Tante Frieda", hod mei Frau gsagt, „owa ab und zu derfmase aa wos leistn! Grod wennma Geburtstag hod!"
Des war a Fehler. Des hätt' mei Frau ned sogn solln. Weil dann is vo da Tante sofort des kemma, wos in solche Fälle immer kimmt: „Wenn i ned aso gsport hätt', dann hätt' i heit koi zwoa Heiser! Wer ned sport, der kimmt zu nix!"
Do hods zwar recht, owa des is grundsätzlich a sehr gefährlichs Thema. Weil wenn's uns zwoa für verschwendungssüchtig holt, dann gibt's uns vielleicht de zwoa Heiser ned und dann wor alles uamsunst.
Gott sei Dank wor de Diskussion abrupt aus, weil der nadelgstreifte dunkelhäutige Mo am Nachbartisch hod zohlt und

d'Tante wor abglenkt. Wia da Ober gsagt hod „102 Euro bitte" und da Mo hod eam 110 Euro gebn und gsagt „it's okay", is allerdings da Tante da Krogn platzt. „Acht Euro Trinkgeld gibt der dem! Des san in Worten 16 Mark! Denen spend i nix mehr!" Guat, dass der Mo immer no nix verstandn hod und wortlos ganga is.
D'Tante is dann glei zum Biesln wega dera Aufregung und dera gewaltigen Flüssigkeitsmenge (a holberts kloans Radler!).
Wia's weg war, hod mei Frau gsagt, dassma mir nie mehr mit da Tante in a deiers Restaurant genga und dassma ihr zum 80. Geburtstag a Brotwurschtsemmel kaffa und da Kaas is gessn, bzw. d'Brotwurscht. I war spontan einverstandn.
Bold draaf is d'Tante wieder kemma und unser hauchdünner Südtiroler Schinken aa. Er war ein Gedicht, und obwohl d'Tante dreimol gfragt hod, wia er schmeckt, wolltma ihr eigentlich nix gebn. Strafe muss sein!
Owa wia's dann gseufzt hod: „Omei, wer wirdse denn amol um mei Sach kümmern, wenn i nimmer bin", hod ihr mei Frau doch den Rest gebn, den wos no ghod hod. I hob mein Schinken leider scho gessn ghod. Gott sei Dank!

Dann is da Tante ihra Wiener Schnitzel kemma.
Rein optisch hods ihr taugt. Owa noch'n ersten Bissen hods gmoant, dass des Fleisch komisch schmeckt. Ganz anders wia bei ihr dahoam. „Do stimmt ebbs ned!", hods gsagt.
Kurz draaf hod da Ober unsern Spargel mit Filet brocht und d'Tante hod aaf ihra Schnitzel hideit und wia a Feldwebel gfragt: „Was ist des für ein Fleisch?"
„Äh, frisches Kalbfleisch, gnädige Frau!", hod da Ober gstottert.
„Hammas scho!", hod d'Tante triumphiert. „I hobmas doch denkt, dass des ebbs minderwertigs is. Für 26 Euro und a Fuchzgerl konnma doch wohl a gscheits Fleisch verlanga! A Schnitzl is wos Schweiners und koa Keibl, guada Mo!"
Da Ober war total perplex. „Aber Kalbfleich ist doch das edelste Fleisch, gnädige Frau", hoda gmoant.

„Nix do! Solang i leb', und des san immerhin 75 Johr, hob i ein schweinernes Schnitzl gessn. Und heit iß i entweder aa ein schweinernes oder gor koans!"
„Bringens bitte a Schweineschnitzel, Herr Ober! Des Kalbsschnitzel iß i", hob i gsagt, dass a Ruah is. Außerdem wors mir ganz recht, weil mei Spargel wor eh ziemlich weng.
D'Tante hod bold draaf ihra Schweineschnitzel kriagt, und des hod ihr dann gschmeckt.
Noch'n Essen hamma uns dann no a weng über da Tante ihrane Krankheiten unterholtn, dann hob i 136 Euro zohlt, und mir hamma d'Tante hoamgfohrn.
Wia's dahoam vom Auto ausgstiegn is, hods gsagt: „Schee wars, owa deier! Am allerscheenstn war's Klo! Omei, morgn muaß i scho wieder ins Wirtshaus!"
„Wos, Tante? Worum scho wieder?"
„No, da Alfons hod mi eiglodn. Er hod gsagt, i bin so oft alloi, do möcht' er mi a bisserl ausführn. Schee, wennma aso an nettn Neffen hod, gell?"
„Ja Tante, wunderbar! Guat Nacht!"
I hob allaweil scho gwisst, dass da Alfons a geldgieriger Hammel is. Der schreckt vor nix zruck!

# Die historische Sitzung

*Bürgermeister:* Verehrte Gemeinderäte! Ich begrüße eich alle zur heutigen außerordentlichen Gemeinderatssitzung! Wahrscheinlich wird es eine historische Sitzung. Des liegt an eich.
*GR Huber:* An uns?
*Bürgermeister:* An mir natürlich aa. Owa aa an eich. Ich habe extra koa Presse eingeladen, dassma mir in Ruhe diskutiern kinna. Weil des, um wos dass heit geht, des hod eine historische Dimension für die Gemeinde Unterding.
*GR Meier:* Oläck! Historisch? Jetza bin i direkt neigierig. Mochs ned so spannend! Jetza sog scho, um wos dass geht! Aaf da Tagesordnung is aa nix obngstandn.
*Bürgermeister:* Geduld! Zunächst eine Vorbemerkung: Mei Gattin, also mei Wei praktisch, de hod scho öfter zu mir gsagt, sie daad gern oamol in da Wocha in d'Stodt fohrn zum Eikaffa. I woaß ned worum, owa sie daads holt gern.
*GR Huber:* Oamol bloß? De mei fohrt dreimol in da Woch in d'Stodt! Wos des Benzin kost! Gott sei Dank kaffts meistens nix, weil ihr nix passt. Aso gseng hod a dicke Frau aa ihrane Vorteile!
*GR Seiler:* De mei fohrt aa öfters. Des is direkt a Sucht. De wolln dauernd in d'Stodt, de Weiber.
*Bürgermeister:* Genau! Und weil des aso is und weil uns des stinkt und weil i als Bürgermeister für unser Wohlergehen verantwortlich bin, hob i mir Folgendes denkt: Wos konnma mocha, um zu verhindern, dass de Frauen dauernd in d'Stodt fohrn? I moan, es is aa wega da Unfallgefahr. I sog bloß: Frau am Steuer!
*GR Seiler:* Des stimmt! Owa i seg do koa Chance, Buagamosta. A Frau is einfach aso. De will vo Haus aus gern in d'Stodt. Des is genetisch, glaub i.
*GR Huber:* Do muaß i'n Seiler recht gebn, des konnst du ned verhindern. Es sei denn, du nimmst ihr'n Autoschlüssel. Owa i sogs, wias is: I trau mir des ned!
*GR Seiler:* I aa ned. Außerdem hilft des sowieso nix, weil dann fohrts mit'n Taxi, des is no deierner.

*Bürgermeister:* Eben! Und drum hob i a ganz a revolutionäre Idee: Mir werdma selber eine Stadt!

*GR Hinz:* Ha? Wia selber? Wia soll denn des geh'?

*Bürgermeister:* Mir stellma einen Antrag, dasma a Stodt werdn. Weil wenn dann unsere Frauen unbedingt in da Stodt eikaffa wolln, dann kinnans z'Fuaß geh'.

*GR Kunz:* Des scho. Owa ob des so einfach geht? I glaub ned, dass des so einfach geht.

*GR Huber:* Also des daad i aa sogn. Do bin i da gleichen Meinung wia Hinz und Kunz. Bloß dass unsere Frauen z'Fuaß in d'Stodt geh kinnan, des wird als Grund für a Beförderung zur Stodt ned glanga.

*Bürgermeister:* Des is scho klar, meine Herren! Owa des gebma natürlich aa ned o als Grund. Do miaßma scho andere Aspekte anführen, de wos a Indiz für a städtische Entwicklung san. Zum Beispiel unser neie Kläranlage, de is typisch städtisch. De is aaf 20.000 Einwohner ausgricht, obwohlma bloß 6.000 san. Do kannt a jeder drei Klo's hobn und sie daad trotzdem no locker glanga. Sowos nenn' i städtisch! Oder des chinesische Lokal, des wos aafgmocht hod. Aa Chines' is für a Dorf aa untypisch, des geht aa scho mehr in Richtung Stodt.

*GR Meier:* Da sanierte Minigolfplotz waar aa no a Indiz!

*Bürgermeister:* Genau, Meier! Wenn's no a Anregung habts, i waar eich sehr dankbar.

*GR Huber:* Unser Nervenarzt!

*GR Hinz:* Unser Nervenarzt? Wieso unser Nervenarzt?

*GR Huber:* Weil's in an Dorf normal ned soviel Zwirde gibt, dass a Nervenarzt existiern konn. Owa a Stodt, de hod an gwissn Bestand an Leit, de wos an Batscha ham. Und drum is für mi da Nervenarzt a städtisches Argument!

*Bürgermeister:* Richtig, Huaba! Des seg i aa aso! Hod oaner no a Indiz? Umso mehr, umso besser!

*GR Meier:* Wenn i vielleicht als Leiter der örtlichen Polizeidienststelle wos eiflechtn derf: Letzs Johr hamma drei Rauschgiftdelikte ghod. Oamol sogor mit Heroin! Des is doch a Sach', oder?

*Bürgermeister:* Wenn des nix is! Des deit doch eindeutig in Richtung städtische Entwicklung! Ganz guat, Meier!
*GR Meier:* Und a Brandstiftung hamma aa no ghod! Allerdings nur mit Sachschaden!
*Bürgermeister:* Noja, a Brandstiftung find' i jetza ned typisch städtisch. Ozündn daans am Dorf grod aso.
*GR Meier:* I hätt' ja bloß gmoant!
*Bürgermeister:* Ja, dankschön, Meier! Hod no jemand wos?
*GR Seiler:* Ideal waar natürlich a Buff!

*Allgemeines Gelächter.*

*Bürgermeister:* Lachts ned, Kollegen! Da Seiler hod im Prinzip ned unrecht. Owa a Bordell daadse bei uns ned rentiern. Do samma einfach z'kloa. A jeder kennt jeden, do trautse normal koana ins Buff geh'. Höchstens amol noch'n Feierwehrball, wenn's recht zünftig war in da Bar und d'Weiber san scho dahoam. Obwohl, des waar wahrscheinlich aa nix. Stellts eich vor, des daad oane erfahrn – aus waar's! Naa, a Ehemann kanntse des gor ned derlaubn.
*GR Bartl:* I bin a Junggsell, owa i gang aa ned eine. Des waar nix für mi. I wissert gor ned, wosma da aso sagt, wennma einekimmt.
*GR Huber:* Do brauchst ned viel sogn, Bartl! 'S Mündliche is do gor ned so gfragt, eher's Praktische! Hähähähä!
*Bürgermeister:* A bisserl mehr Ernst, meine Herren! Also, wia gsagt: Ein erotisches Etablissement waar zwar a deutlicher Pluspunkt für a Stadterhebung, owa i seg do koa Chance. Wenn scho da Kollege Bartl als Junggsell ned einegeh' daad, wer dann? Do waar d'Insolvenz vorprogrammiert. Und samma uns ehrlich: Es waarn aa koi hochqualifizierte Arbeitsplätze!
*GR Seiler:* Stimmt! I hob ja aa bloß gmoant, Buagamoasta. Owa woaßt, wos a deutlichs Argument waar? Unser Kurklinik! Wer hod in da heitigen Zeit scho a Kurklinik?
*Bürgermeister:* Genau! D'Kurklinik is a absoluter Pluspunkt! De ghört aaf jeden Fall eine in unsern Stadterhebungsantrag!

*GR Hinz:* I gib owa zu bedenken, dass im Prospekt vo da Kurklinik drinsteht „Erholen Sie sich in unberührter Natur und dörflicher Idylle!" Des „dörflich", des konnst dann natürlich vergessn!

*GR Kunz:* Genau! Und de „dörfliche Idylle" is fei scho a positiver Standortfaktor für a Kurklinik. Und der waar dann weg.

*GR Huber:* Also, Hinz und Kunz, seids mir ned bös', owa i konn eierne Bedenken ned nachvollziehn! Bei uns ändertse doch ned d'Idylle, bloß weilma anstatt an Dorf a Stodt werdn! Es bleibt doch im Prinzip alles gleich. Nacha soll holt d'Kurklinik in Prospekt eineschreibn „idyllische Umgebung" und ned „dörfliche Idylle", dann passts wieder! Seids doch ned so kleinlich!

*Bürgermeister:* Genau! So eng wia Hinz und Kunz derfma des ned segn! Do muaßma scho flexibel sei.

*GR Hinz:* Trotzdem, so ganz überzeugt bin i do fei ned, ob des guat is, wenn mir a Stodt werdn. Wos soll des bringa? Jetza samma seit über 500 Johr a Gemeinde gwen und hod nixe gfaahlt. Worum konns ned aso bleibn?

*GR Huber:* Weil unsere Weiber in d'Stodt wolln!

*Bürgermeister:* Owa ned bloß deszweng! Es is aa a Imagefrage. Schau her, Kollege Hinz: Bei uns hods scho zwoamol an großn Brand gebn, nämlich 1672 und 1880. Zwoamol is unser Ort praktisch dodal niederbrennt. Und trotzdem hamma noch nicht einen Stadtbrand ghod. Und worum? Weilma koa Stodt warn! Außer Spesen nichts gewesen. Da Feierwehrkommandant hod aa scho gsagt zu mir: „Wennma wenigstens amol an gscheidn Stadtbrand ghod hättn, dann kanntma a Jubiläum feiern!" Owa wia gsagt: Keine Stadt, kein Stadtbrand! Des is a Teufelskreis!

*GR Meier:* Und angenommen, wennma mir a Stodt werdn daadn: Waar's dann künftig aso, dass praktisch a jeder Brand automatisch a Stadtbrand waar?

*Bürgermeister:* Naa, des ned. Wenn jetza beispielsweise bloß dei Haus brenna daad, des waar natürlich koa Stadtbrand, trotz Stadt.

*GR Meier:* Worum akkrat meins?

*Bürgermeister:* Des war ja bloß a Beispiel. Es kannt aa'n Hinz sei Haus brenna. Des is ghupft wia gsprunga.
*GR Hinz:* Von wegen! Mir hamma erst nei baut! Und'n Meier sei Bude is scho guade 30 Johr olt!
*GR Meier:* Höhö! Dua fei a weng langsam! Mir hamma a 1a-Bausubstanz, dassda's woaßt!
*Bürgermeister:* Es is ja bloß a Beispiel, Mensch Meier! Aaf jeden Fall glangt aa künftig ned oa Haus für an Stadtbrand. Owa wenn's wos größers waar, so ab vier, fünf Gebäude, des waar dann oana. Und des is einfach für's Image nicht verkehrt, wennma amol an Stadtbrand ghod hod. Do konn oana sogn, wos er will!
*GR Hinz:* Also i woaß ned. Komische Ansichten san des!
*GR Huber:* Jetza sei holt ned allaweil so negativ, Hinz! Mir als Politiker miaßma positiv denka! Es is ja ned bloß da Stadtbrand. Mir zum Beispiel waarma dann Stadträte und nimmer Gemeinderäte. Stell dir des amol vor: Herr Stadtrat Alfred Hinz! Des hod an Klang! Oder ebba ned?
*GR Hinz:* Des is natürlich wos anders. An des hob i gor ned denkt. Stadtrat, des waar scho a Sach'! Waar ebba dann eventuell's Sitzungsgeld aa höher?
*Bürgermeister:* Ja sowieso! Man konn doch an Stadtrat ned abspeisn wia an grintign Gemeinderat! Es sei denn, d'Mehrheit waar gega a Erhöhung. Waar jemand dagegen?

*Absolute Stille im Saal.*

*Bürgermeister:* Eben!
*GR Huber:* Wosma ned außer Acht lassn derf: Unser Pfarrer waar dann a Stadtpfarrer! I moan bloß, des is doch aa ned schlecht fürs Image, oder?
*Bürgermeister:* Und ob! Vor an Stadtpfarrer hodma glei mehra Respekt, daad i sogn. Eventuell gangadn dann sogor wieder mehr Leit in d'Kircha. Do daadse da Pforrer bestimmt gfrein. Stellts eich vor: „Stadtpfarrer Tadeusz Krychlczinsky!" Des hörtse scho guat o, ha?

*GR Seiler:* Einwandfrei! Owa i hätt'amol a ganz a anders Thema. Mir hamma doch für unser Dorfsanierung vom Staat an Zuschuss kriagt.
*Bürgermeister:* Ja, zwoa Millionen Mark warn des damals. De san scho lang verbaut. Mehr gibts ned. Des muaßt ja du als Bauunternehmer am bestn wissen.
*GR Seiler:* Mooooment! De zwoa Millionen, de warn ja für de Dorfsanierung. Owa wenn mir jetza a Stodt werdn, dann kanntma ja a Stadtsanierung mocha und dann miaßerts doch wieder an neia Zuschuss gebn! Oder seg i des falsch?
*Bürgermeister:* Ja Seiler, du bist ja ein Hund! I find, du segst des vollkommen richtig! Als Stadt hamma ja no nix saniert. Super, Seiler! Nehmts eich a Beispiel am Seiler, Kollegen! Der denkt mit! Des san zukunftsträchtige Ideen!
*GR Kunz:* Amol a dumme Frage: Mit treffma uns doch meistens noch da Sitzung im „Gasthaus zum Dorfwirt". Daad des dann „Gasthaus zum Stadtwirt" hoaßn?
*GR Huber:* Also Kunz, jetza derfst owa aafhörn! Natürlich bleibt des da Dorfwirt. Alles wird doch ned in „Stadt" umgwandelt. Da Dorfdepp bleibt da Dorfdepp. Glaubst du vielleicht, des wird da Stadtdepp? Des is doch logisch, dass bestimmte Sachen ned umgwandelt wern! Düsseldorf hoaßt aa Düsseldorf und ned Düsselstadt.

*Allgemeines Gelächter.*

*GR Kunz:* I hob ja bloß gmoant. Dann frog i holt nimmer!
*Bürgermeister:* Jetza bock holt ned glei, Kunz! Du derfst'n Huaba seine Spassettln doch ned allaweil glei persönlich nehma. Owa woaßt, wos mir grod kimmt: Mit hättma dann endlich unsern Stadtpark! An Park hamma ja scho lang, owa holt bloß an windign Park. „Stadtpark", des hörtse glei nobler o. Do mochma dann sofort a Stadtparkverordung mit alle Schikanen. Mit Bußgeld und so Sachen! Woaß no wer wos?
*GR Meier:* I daad sogn, dass unsern Buagamoasta sei Idee guat is und dassma des mit dera Stadterhebung ogreifa. Im Prinzip hod des nur Vorteile.

*GR Seiler:* Moanst, dass dann aa a McDonalds herkammad? Weil des waar natürlich a Hammer wega de Jungwähler. De daadn uns des ned vergessn!
*Bürgermeister:* Wer woaß, wer woaß! So Gott will, kimmt eines Tages a McDonalds zu uns. Des waar natürlich die Krönung meiner politischen Laufbahn! I derf gor ned drodenka.
*GR Hinz:* I will ja ned de ganze Euphorie zerstörn, owa stellts eich amol vor, wos uns de Umstellung kost! Im Rathaus, de ganzn Stempel und de Briefköpf, alles brauchma nei. Und de Ortsschildln! Leit, des is a Kostenfaktor!
*Bürgermeister:* Geh, Hinz! Des san doch Lappalien! An dem solls ned scheitern. Des kinnma uns scho no leistn.
*GR Hinz:* Jetza aafamol? Bei de Haushaltsberatungen host gsagt, mir miaßma an jedn Euro umdraahn, weilma soviel Schulden hamma. Host des gsagt oder host des ned gsagt?
*Bürgermeister:* Natürlich hob i des gsagt! Owa damals samma doch alle no von an gemeindlichen Haushalt ausganga. Als Stadt konnst selbstverständlich mehr Schulden mocha wia als Gemeinde, des is doch logisch!
*GR Hinz:* Aso! Is des aso?
*GR Huber:* Frale is des aso ! Schau dir doch de Städte o! Berlin, München, Hamburg! De ham Schulden, dass pfeift! Owa für a Stodt is des kein Problem. Für a Dorf waars zwider. Als Dorf wennst du de Schulden host, de wos zum Beispiel München hod, dann kannst zuasperrn. Langer Rede kurzer Sinn: I bin dafür, dassma de Stadterhebung beantragen. Wer is no dafür?
*Bürgermeister:* Moment, Huaba! Abstimma lass' immer no i, weil i da Buagamoasta bin!
*GR Huber:* Oh, entschuldige! I wor jetza dermaßen drin in da Euphorie. Natürlich bist du da Buagamoasta. Du, bevor dassma abstimma, no a Frage. Mir brauchma natürlich scho a politische Unterstützung für unsern Antrag. Wer unterstützt uns do?
*GR Seiler:* I daad sogn, des is a Sach für unsern MdL. Der hod in da letztn Landtagswahl bei uns 78 Prozent ghod! Bei zwoa Gegenkandidaten!

*GR Huber:* Wos hoaßt do Gegenkandidaten? Des wor doch a Roda und a Grüner!
*GR Seiler:* Trotzdem, 78 Prozent san 78 Prozent! Und aso a Ergebnis is a Verpflichtung!
*GR Meier:* Owa ehrlich! Und außerdem kimmt da MdL jeds Johr aaf unser Dorffest und haut drei Freimaß und a holberts Gockerl hintere. Do derfase scho eisetzn für uns!
*Bürgermeister:* Aso wia i unsern MdL kenn, mocht er des aa. Owa oans is natürlich klar: Aaf unsern Dorffest kriagt der koa Maß Bier nimmer!
*GR Huber:* Worum denn ned?
*Bürgermeister:* Weilma koa Dorffest mehr hamma, sondern a Stadtfest! Hähähä!

*Befreiendes Gelächter.*

*GR Seiler:* A Hund bist scho, Buagamoasta!
*Bürgermeister:* Woaße scho. Drum hammsme ja gwählt! So, mir kommen zur Abstimmung. Ich gebe zu bedenken, dass des eine historische Entscheidung is und dass des oan ewig nochhängt, wenn er dagegen war. Der steht dann als Verhinderer in de Annalen. I will koan beeinflussen, i sog bloß! Also, wer ist dafür, dassma mir einen Antrag stellen auf Stadterhebung? *Zählt die Stimmen.* Hmm! Wo san denn eigentlich Hinz und Kunz?
*GR Seiler:* Am Klo! Owa i schatz, de waarn ziemlich dafür.
*Bürgermeister:* Alles klar, damit einstimmig so beschlossen. Und jetza gemma zum Dorfwirt und trinkma aaf d'Stadt!
*GR Seiler:* Wissts, wos komisch is? Wennma beim Dorfmetzger a Stadtwurst kafft und dann als Stadtrat zum Dorfwirt geht.
*Bürgermeister:* Omei, Seiler, du bist und bleibst ein Witzbold. Die Sitzung ist geschlossen!

# Krass

*Oma:* Omei, Jennifer, wia de Zeit vergeht! Jetza bist du aa scho 17 Johr olt!
*Enkelin:* Ja, Oma. 17 is krass!
*Oma:* Worum is des krass? Des is doch schee, wennma 17 is! I wollt, i waar nomol 17!
*Enkelin:* Sog i doch! „Krass“ is doch guat. Manchmal sogor voll guat!
*Oma:* Aso. Des hob i ned gwisst, dassma do heitzudogs „krass“ sagt. Du Jennifer, amol ganz wos anders: Wennma 17 is, dann isma ja fast koa Kind nimmer. Sogmas amol ganz ehrlich: Host jetza du scho amol oan a Busserl gebn? Hihi!
*Enkelin:* Oan a Busserl gebn? Also Oma, wos denkst denn du vo mir? Doch ned oan! Mindestens zwanzge!
*Oma:* Wos?? Zwanzge? Ja, um Himmels Willn! Normal gibtma fei bloß oan a Busserl, wennma'n gern hod! Host du de alle gern ghod?
*Enkelin:* Mei, wos hoaßt gern ghod! Momentan vielleicht scho. Owa intim wor i ja bloß mit fünfe oder sechse. De andern hob i bloß ogschmust, weil i Hacke dicht war.
*Oma:* Ja sog amol, wos san denn des für Zeitn?
*Enkelin:* Krasse, Oma, ziemlich krasse! Owa de Phase is für mi vorbei. Aaf dem Trip bin i nimmer. Mir kinnan d'Manner gstohln bleibn! I bin scho seit acht Wocha Single und des aus Überzeugung!
*Oma:* Single bist? I hobma denkt, du bist Zahnarzthelferin. Hod dir des nimmer gfolln, weilst umgschult host aaf Single?
*Enkelin:* Also Oma! I glaub, du checkst des ned. Single is doch koa Beruf. Single bedeit, dassma ohne Typ is. Woaßt, de ewigen Beziehungskistn san mir dermaßen am Sack ganga! I hob echt glaubt, i kriag de Krise. Und jetza is finito mit de Oaschgsichter! Ey, liawa häng i solo in da Disco ab, bevor i mi vo so an Chauvi dauernd vollsülzn lass'! I brauch mei Freiheit und koan Typen, der klammert wie Sau! Oder Oma, wos moanst do du?

*Oma:* Jennifer, obstas glaubst oder ned, i hob kein Wort verstandn.
*Enkelin:* Ned so schlimm! Aaf jeden Fall genieß i mei Freiheit. Mei letzter Freind war sowieso dodal danebn. Owa glei sowos vo danebn! Ein Suchtbolzen hoch drei! Ohne sei tägliche Tüte is der ned aaf Touren kemma. Ey, des is doch ätzend, wenn oana jeden Dog a Tüte braucht! Turnt voll ab!
*Oma:* Es is aa ned gsund, wenn a junga Mensch soviel Süßigkeiten isst! Grod für d'Zähn!
*Enkelin:* Ha?? Ey Oma, in da Tüte warn doch koi Süßigkeiten! Der Mann hod Gras dringhabt! Feinstes Gras! Des is doch ätzend! Wenn oana Gras raucha muaß, dass er an Kick kriagt, den konnst doch abhaken, oder?
*Oma:* Do host du recht, Jennifer! Is Dowak raucha scho ned gsund. Owa a Gros is bestimmt no viel gfährlicher! De ganze Gülle, wos do draaf kimmt, pfui Deifl! Und dann glei a ganze Tütn voll! Aso oana wird ned olt!
*Enkelin:* Owa echt, Oma! I hob mir vorgnumma, i bleib a Zeit lang solo. Okay, man konn natürlich nix ausschließn. Wenn i in da Disco rein zufällig an voll fettn Typen kennalerna daad, des waar natürlich mega!
*Oma:* Owa de Wamperten wern aa ned olt!
*Enkelin:* I mog doch koan Wamperten! „Voll fett" hoaßt doch, dass er a Spitzentyp is. Voll cool und so.
*Oma:* Krass praktisch!
*Enkelin:* Genau! I segs scho, Oma, du checkst ziemlich schnell. Du host voll den Durchblick!
*Oma:* Mei, wos hoaßt Durchblick? I brauchert scho lang a neie Brilln. Hihi!
*Enkelin:* Ey, voll coole Sprüch host du draff! Stark, Oma! Woaßt wos? I hob a fette Idee! Du gehst heit aaf d'Nacht mit mir in Chat! Do san manchmal dermaßen schräge Vögel drin, do schnallst ab!
*Oma:* Naa, Jennifer, des is nix für mi! I konn mi doch ned in aso a verreicherte Bude einesitzn, wo lauter junge Leit drin san. Und dann de laude Muse!

*Enkelin:* Also, soo verreichert is mei Zimmer aa wieder ned! Und drinsitzn daama bloß du und i. Und d'Muse draah i zruck, wenn's dir z'laut is.
*Oma:* Ha? Worum dei Zimmer? I hobma denkt, des Tschäd is aso a Disco.
*Enkelin:* Naa, Oma! Da Chat is in mein Computer. Im Internet. Do konnst mit Leit aaf da ganzn Welt kommuniziern!
*Oma:* A geh! Ja, owa bloß mit katholische! De andern kommuniziern ja ned!
*Enkelin:* Also, du bist echt guat draff! Ey, sie schau o! De katholischen daad sie sogn! Krass, Oma!
*Oma: Amüsiert, aber ahnungslos:* Hihi!
*Enkelin:* Owa jetza amol ohne Schmarrn: Im Chat lafft des aso, dass du mit irgendoan in da Welt Kontakt aafnimmst. Und dann konnst du di mit dem schriftlich unterholtn.
*Oma:* Schriftlich unterhaltn? Ja, wia geht denn des?
*Enkelin:* Do host a Tastatur, des is aso a Art Schreibmaschin', und mit dera konnst du eam wos schreibn und er dir.
*Oma:* Do schau amol o, wos alles gibt!
*Enkelin:* Genau. Und gestern zum Beispiel hob i zwoa Stund mit oan aus Hamburg gechattet. I sogdas, der Typ war voll abgefahren.
*Oma:* Wohi denn?
*Enkelin:* Nirgends, Oma! Abgefahren, des sagtma, wenn oana ziemlich danebn is. Komisch draff, schräg holt.
*Oma:* Aha! Unser Kamin, der is doch so komisch draff am Dach, so schräg. Der is dann praktisch voll abgefahren.
*Enkelin:* Ey, stark, Oma! Deine Sprüch' wern immer besser.
*Oma:* Gell! Hihi!
*Enkelin:* Und der Typ aus Hamburg, der hod mi über'n Chat gfragt, wos i so moch. Und woaßd, wos eam i geantwortet hob? Dass is a Striptease-Tänzerin bin!
*Oma:* Hihi! Gibt's des aa! *Kurze Pause.* Wos isen des?
*Enkelin:* A Frau, de wos nockad danzt!
*Oma:* Krass! Und der hod dir des glaubt?
*Enkelin:* Voll glaubt!

*Oma:* San in Hamburg alle so bläd?

*Enkelin:* Mei, wos hoaßt do bläd? Der konn ja des ned wissen, wos i bin. Wos eam i per Chat sog, des muaß er praktisch glaum.

*Oma:* Dann is owa der Tschäd nix gscheits, wennma ned woaß, mit wem dassmas zum dua hod.

*Enkelin:* Ja guat, Oma, des konn scho passiern. Owa man konnse natürlich im Chat aa ganz normal unterholtn. Manche ham im Chat scho den Mann fürs Leben kennaglernt!

*Oma:* A geh! Des hods holt zu meiner Zeit no ned gebn. I zum Beispiel hob mein Wastl im Heistodl kennaglernt!

*Enkelin:* Im Heistodl? Ja, wia konnma denn im Heistodl jemanden kennalerna?

*Oma:* Des war aso: Kennt hob i den Wastl ja scho vorher. Owa amol im Summa samma am Tanz gwen. Und dann hod er mi hoambrocht. Und dann vor da Haustür hod er gsagt zu mir: „Zenzl, gemma in Heistodl, dann lernst mi amol kenna!" Und dann howen kennaglernt! Mehrmals! Hihi!

*Enkelin:* Ja Oma, du überraschst mi ja dodal! I hob immer gmoant, du bist so brav gwen und dann sowos!

*Oma:* Jamei! Des bleibt ned aus! Hihi! Außerdem wor i scho vieradreißg Johr damals, und es is langsam Zeit wordn, dasse wos schiabt. Owa sog nix weida, Jennifer, des bleibt unter uns!

*Enkelin:* Eh klar, Oma! Du, amol unter uns Frauen: Wia war er denn im Heistodl, da Wastl?

*Oma:* Krass!

# Hauptsach', es schmeckt!

I wor ja bis vor Kurzem mehr a zurückhaltender Typ. So richtig höflich und bescheiden. Bläd im Prinzip. Zum Beispiel in da Metzgerei: Do wenn bloß no oa Poor Weißwürscht do war und i wollts hobn, dann hod de Kundin neba mir gsagt: „Ach schade, ich hätte auch Weißwürste gebraucht!"
Und i Rindviech hob gsagt, dass sie ruhig de Weißwürscht nehma soll, weil's i ned unbedingt brauch. „I konn aa wos anders essn!", hob i gsagt in meiner krankhaftn Höflichkeit.
„Ja gut, wenn's kein Problem für Sie is, dann nehm' ich sie!", hods zwischert und furt wors.

Natürlich wors a Problem für mi, weil i wollt ganz gern Weißwürscht. Dahoam, wia i dann mein fettn Pressog owedruckt hob, hodsma erst richtig gstunka. Wahrscheinlich is sie mit meine Weißwürscht dahoamghockt und hods mit ihren wampertn Mo gessn. Und hodse über mi denkt: „Aso ein Depp!" Bloß weil i so höflich bin.

Im Wirtshaus is grod aso. Jedsmol, wenn mi d'Bedienung gfragt hod, ob's Essn guad war, hob i „ja" gsagt.
Obwohl's mir manchmal überhaupt ned gschmeckt hod. Und dann hob ihr aa no a drumm Trinkgeld gem, weil i Euro und Mark allaweil no durchanandabring und bin hoamganga.
D'Bedienung hod dann gsagt: „Dankschön, Herr Lauerer, wiederschaun, an scheena Dog no!" und hodse wahrscheinlich denkt: „Da Lauerer frisst alls!"
Und i hock dann dahoam und sinnier: „Zenalln, worum hob i ned gsagt, dass des Fleisch zaach wor und de Pommes eiskolt?"

Aaf Dauer konn di fei sowos krank mocha. I bin oft schlaflos in mein Bett dringlegn und hobma denkt: „Worum bin i eigentlich so bläd?"

I moan jetza ned intellektuell, sondern allgemein. Des hod mi aaf Dauer dermaßen bedrückt, dass i Verdauungsprobleme kriagt hob. Und do hörtse bei mir da Gspoaß aaf!
I will jetza ned direkt sogn, dass i varruckt war, owa i bin mit'n Zug aaf Regensburg gfohrn zum Psychologen.
D'Sprechstundenhilfe hod mi gfragt, ob's mir wos ausmocht, wenn i no a bisserl wort, weil sie ham grod an Notfall do, der hodse in sei Schwiegamuada verliebt. Natürlich hob i gsagt, dass mir des nix ausmocht, obwohl's mir scho wos ausgmocht hod. Kaam war a Stund vorbei, bine drokemma.
Da Psychologe hod mi gfragt, ob i in meiner Kindheit a Schlüsselerlebnis ghod hob, des wos mi heit no belastet. „Mei", hob i gsagt, „an oa Schlüsselerlebnis konn i mi no erinnern. Do hob i'n Schlüssel vo da Speistür obrocha. Owa so schlimm war des aa wieder ned. I hob zwar vom Voda a Schelln kriagt, owa belasten duat mi des scho lang nimmer!"
„Hm!", hoda gsagt und gschaut.
Dann hod er mi gfragt, ob i mi als Kind zruckgsetzt gfühlt hob, weil des kannt da Grund sei, worum i als Erwachsener so nachgiebig wordn bin.
„Hammas scho!", hob i gsagt. „In da Schul in da ersten Klass' bin i z'erst vorngsessn und dann hod mi da Lehrer zruckgsetzt, weil da Schneider Hanse hod recht schlecht gseng. Den hoda firegsetzt!"
Owa da Psychologe hod des anders gmoant mit dem Zrucksetzn, im übertragenen Sinn. Er hod owa gsagt, des is ned so schlimm, weilma de Gründe für mei dauerndes Nochgebn aa mit andere Tests aussafindn konn.
Er hod mir dann a Viertlstund so Bildn zoagt, und i hob eam verzählt, wos i seg. Nach ungefähr 20 Minutn war eam alles klar: I war als Kind zu dick, und des hängt mir heit no noch, weil des ein Trauma war. Des hätt' i ohne Psychologen aa gwisst, dass mir des heit no nochhängt. I brauch mi bloß aaf d'Woog stelln, dann seges.
Da Psychologe hod des owa ned vo da Wampn her gmoant, sondern psychisch. Er hod mir des aso erklärt: Mei Lebensmotto

„Hauptsach', es schmeckt" is im Prinzip falsch. Weil, wennma scho als Kind alles frisst, dann frisstma aa als Erwachsener alles in sich eine. Owa ned bloß Schweinshaxn mit Knödel, sondern aa Probleme. Und des is da springende Punkt!
Er hod mir folgenden Rat gebn: „Sie müssen lernen, ‚Nein' zu sagen! Und Ihr Lebensmotto darf künftig nicht mehr heißen ‚Hauptsach', es schmeckt', sondern ‚Ich bin auch etwas wert'! Sie werden sehen, dann geht es Ihnen bald besser!"
„Aa mit da Verdauung, Herr Doktor?"
„Auch mit der Verdauung, Herr Lauerer!"

I bin wieder hoamgfohrn mit'n Zug und hob mi tatsächlich irgendwie erleichtert gfühlt. Vor allem, weil de Sitzung 360 Euro kost hod. Im Zug hodse zu mir ins Abteil oana einegsetzt, der hod Zigrettn dabeighod. I hob mir denkt, wenn der jetza fragt, ob er raucha derf, dann hamma wieder de typische Situation und dann probiere des glei aus mit dem Nein. Tatsächlich, kaam samma fünf Minutn gfohrn, hod er scho's Feier und a Zigrettn aussa, und i hob mi konzentriert aaf mei ersts Nein. Dann hoda gfragt: „Mochts Eahna wos aus, wenn i oane rauch?" Und i hob gschrian: „Nein, nein und nochmals nein!"
Er wor ziemlich überrascht, hodse owa dann bedankt und graucht. I hob zwar no gsagt: „Ich bin auch etwas wert." Owa des war eam wurscht. Und wia i dann no gsagt hob, dass Raucha ungsund is, hod er gsagt: „Hauptsach', es schmeckt!" A typischer Fall für'n Psychologen! Mei erster Versuch hod also insgesamt ned highaut.

Owa trotzdem hod mir de Sitzung in Regensburg wos brocht, weil i bin selbstbewusster wordn. I kenn des in vielen Situationen. Zum Beispiel letzdings im Kino. I hob vorm Film vorsichtshalber no a Literflaschn Cola trunka und dann, wia da Film fünf Minuten glaffa is, hob i biesln miaßn. Und wia i aussegeh, sitzt aso a Gloifel do mit ausgstreckte Haxn, und mi hauts gstrecktalängs drüber. Früher, wia i no ned gwisst hob, dass i aa wos wert bin, waar i einfach weidaganga und hätt' nix gsagt. Und jetza?

I bin seelenruhig aafgstandn, hob mei Hosn oputzt, bin zu dem Gloifel higanga, hobna voll ogschaut und hob gsagt: „Entschuldigung!" Mit dem hoda nicht grechnet! Mei liawa, der hod gschaut! I bin dann zum Biesln ganga und hobma denkt: „I bin aa wos wert!"

Aa im Wirtshaus tritt i ganz anders aaf. Neilich war i mit Frau und Kindern beim Essn. Und i wollt unbedingt amol wos bsonders, a Jägerschnitzl. Weil normal iß i allaweil an gmischtn Braten. Sagt d'Bedienung, dass Jägerschnitzl aus is und fragt mi, ob i stattdessen liawa an gmischtn Braten möcht'. Früher, wia i no alles in mi einegfressn hob, hätt' i in so an Fall „ja" gsagt. Owa weil i jetza woaß, dass i aa wos wert bin, hob i laut, owa bestimmt gsagt: „Nein!" Und wiasma dann a Wiener Schnitzel oder a Cordon bleu angeboten hod: „Nein!" Dann hob i gor nix kriagt. Owa i hobme durchgsetzt! Allerdings war mir ganz schlecht vor lauter Hunger. I hob dann mein Sohn gfragt, ob er mir oans vo seine Fischstäbchen gibt, weil er an „Käpt'n Blaubär-Teller" gessn hod. Und wos sagt der Fratz? „Nein!" Im Prinzip hod er ja recht, weil er is aa wos wert. Owa i hätt' eam oane batzn kinna, dem Geizkrogn! Weil so viel wert wia i isa dann doch wieder ned.

Neilich in da Metzgerei wollt i Weißwürscht kaffa. Akkrat war de wieder do, dera wos i damals, wia i no ned selbstbewusst war, meine Weißwürcht überlassn hob. „Des sog Eahna scho glei,", hob i gsagt, „wenn heit wieder bloß oa Poor Weißwürscht do san, dann nimms i und aus! Und wenn Sie hundertmol aa oi wolln, des is mir wurscht! I bin nämlich aa wos wert, mirkans Eahna des! Man soll ned alles einefressn! Psychisch moane! Dass des klar is!"
Sie war ziemlich überrascht, weil's bloß an Senf braucht hod und a Pfund Hals. Es hod dann leider überhaupt koi Weißwürscht mehr gebn, und i hob aa koi kriagt. Owa wenn, dann hätt' ihr's ned gebn! Seitdem schauts mi nimmer o. Des is dann da Dank!

Aa dahoam bin i selbstbewusster wordn. Wenn zum Beispiel mei Frau früher gsagt hod: „Trog bitte'n Abfall ausse", dann hob i „Ja" gsagt und bin wia a Trottel ganga und hobna aussetrogn. Und jetza? Jetza lafft des ganz anders! Sie sagt: „Trog bitte'n Abfall ausse." I sog laut: „Nein!" Und dann geh i wia a Trottel und trogna ausse. Des „Nein" duat mir innerlich dermaßen guat. Mei Frau hod zwar am Anfang a weng bläd gschaut, owa inzwischen hods des „Nein" voll akzeptiert.

A kritische Situation hods allerdings letzte Wocha gebn. I bin zum Stammtisch ganga, und sie hod gsagt: „Schau fei, dass du um zwölfe dahoam bist!"

I wollt scho „Ja" sogn, do is mir plötzlich eigfolln, dass i aa wos wert bin und i hob gsagt „Nein!"

Wia i dann den Blick vo meiner Frau gseng hob, hob i des „Nein" no ergänzt und hob gsagt: „I bin scho um holwe zwölfe dahoam!" Dann war wieder alles in Ordnung. Des guade is, i hob mi mit holwe zwölfe durchgsetzt, obwohl sie zwölfe gsagt hod. Und sie hod des gor ned gspannt, dass i mi durchgsetzt hob! Also, der Psychologe is echt sei Geld wert.

Aa, wos des Verhalten zu meine Kinder betrifft, hodse einiges g'ändert. Vor meiner Psycho-Sitzung hob i zu allem, wos de zwoa wollten, Ja und Amen gsagt. I hobma zwar oft denkt, dass des ned braucht, owa i hobs trotzdem kafft, weil i als Kind alles einegfressn hob.

Jetza, wenn zum Beispiel da Sohn sagt, dass er a neis Computerspiel will und dass des bloß lächerliche 69 Euro kost, dann sog i „Nein!"

Dann kaffts mei Frau und zohlts aus mein Geldbeitl. Guat, jetza kanntma vielleicht sogn, dass des ghupft wia gsprunga is. Des mog scho sei. Des is owa ned's Entscheidende. Entscheidend is, dass i als Respektsperson vor meine Kinder dosteh' und ned als Ja-Sager!

Naa, i muaßs ganz ehrlich sogn: Als selbstbewusster Mensch lebtsase einfach einfacher! I friß nimmer alles in mi eine. Bloß

letztn Sonntag, do hob i an kloan Rückfall ghod. Do warma aafana Geburtstagsfeier von an Kumpel. Und do hods a kalt-warmes Büffet gebn und mindestens zehn verschiedene Tortn. Wenns glangt!
I hob wieder amol alles in mi einegfressn. Und noch da viertn Holbe Weißbier hob i ganz vergessn, dass i aa wos wert bin und dann isma mei olts Lebensmotto wieder eigfolln: „Hauptsach', es schmeckt!" Und i hob zu allem „Ja" gsagt: Zu de Brotwürscht, zu de Gockerlhaxn, zum Wurstsolot, sogor zu de Shrimps! An dem Abend war i seit langem wieder amol a Ja-Sager.
Bloß oamol hob i „Nein" gsagt: Wia mei Frau gfragt hod, obsma ned scho glangt.

# Tatoo-Tata

*Oma:* No, Berta-Sophie, wos wünschsta denn nacha zum Geburtstag?
*Enkelin:* A Tatoo!
*Oma:* A tatu? Bist do mit fuchzehn Johrn ned scho a wengerl olt für a Feierwehrauto?
*Enkelin:* Ey Oma, a Tatoo is doch koa Feierwehrauto!
*Oma:* Ned? Ebba a Polizeiauto oder a Sanka?
*Enkelin:* Aa ned! A Tatoo is a Bildl aaf da Haut! Des wird mitana Nodl einegstocha!
*Oma:* Uiuiuiui! Duat denn des ned weh?
*Enkelin:* Woaß i ned, i hob ja no koans.
*Oma:* I aa ned. Und wos willst nacha für a Tatu? A Herzerl oder a Bliamerl? Oder gor den Nam' vo dein Schatzerl? Hihi!
*Enkelin:* Ach, doch koan sechan Schrott! I will irgendwos cools. An Skorpion oder an Grobstoa!
*Oma:* Wooos? An Grobstoa? Ja, um Himmel's Willn! Wos willst denn mit an Grobstoa?
*Enkelin:* Nix, owa cool isa. D'Jessica hod an Doutnkopf als Tatoo!
*Oma:* Ja pfui Deifl! Wo hods denn den?
*Enkelin:* Aaf da linkn Oaschbacka!
*Oma:* Do segtma'n wenigstens ned. Omei, omei, de heitige Jugend! I hob holt zum Geburtsdog allaweil wos kriagt für mei Aussteier. Amol a Bettwäsch', amol a Gschirr. Und des hob i fleißig aafghobn. I hob heit no a Bettwäsch', de hob i no gor ned auspackt! So sporsam war i!
*Enkelin:* Cool!
*Oma:* Duast du aa fleißig sporn?
*Enkelin:* Ja, weil naxts Johr möcht' i a Piercing!
*Oma:* An Wirsing?
*Enkelin:* A Piercing!
*Oma:* Is des aa a Gmias?

*Enkelin:* Des is koa Gmias, sondern a Schmuck, der wos in an Loch drinsteckt!
*Oma:* Oläck! In wos für oan?
*Enkelin:* Des wird z'erst gstocha und dann wird irgendwos einegsteckt. A silberne Kugel, a Perle …
*Oma:* A Grobstoa aa?
*Enkelin:* Eventunell. Owa a Grobstoa als Piercing is scho ziemlich krank.
*Oma:* Mir hamma holt seinerzeit a Ohrringerl ghod.
*Enkelin:* A Piercing mochtma am Nobl! Oder an da Brustwarzn!
*Oma:* Des waar bei mir fast wurscht, weil's ungefähr gleiche Höhe is. Hihi!
*Enkelin:* Ey Oma, du bringstas echt cool!
*Oma:* Gell! Owa sog amol, Deandl, du wirst doch ned an fremdn Mo an deine Brustwarzn umandastecha lassn!
*Enkelin:* Vorerst ned, Oma. I moch mei Piercing wahrscheinlich im Nobl. An de Brustwarzn lass' i mir no nix mocha, weil i ned woaß, ob de Brustwarzn aso bleim.
*Oma:* Wia bleim? Worum sollns ned bleim? A Brustwarzn is wos für's Leben! De bleibt!
*Enkelin:* Owa man konn do heitzudogs gestalterisch scho wos verändern.
*Oma:* Ha?
*Enkelin:* Es is a so: Da Papa hod für mi an Bausparvertrag abgschlossn. Der wird in sieben Johrn fällig. Und dann kaaf i mir vielleicht an neia Busn dafür.
*Oma:* Wos? An neia Busn? Ja, wos duast denn dann mit dein oltn? Obwohl, den kannt i braucha.
*Enkelin:* Den oltn Busn brauch i no. Der wird bloß aafgmotzt mit an Implantat.
*Oma:* Wos is nacha des?
*Enkelin:* Irgend aso a durchsichtigs Gel oder so. Des wird aaf jeden Fall in Busn einedo und dann schaut er größer aus. Und des kost ungefähr 4.000 Euro.
*Oma:* 4.000 Euro? Ja, um Gottes Willn, Deandl! Du konnst doch ned soviel Geld ausgebn bloß wega dein Busn! Und außerdem is a Bausparvertrag für an Bau gedacht und ned für an Busn!

*Enkelin:* Eben! Da Körperbau is doch aa a Bau!
*Oma:* Also Berta-Sophie, i woaß ned. Du sollst doch wos für dei Zukunft dua, dassda's du später amol besser host. Wennst jetza fleißig sporst, dann host amol wos und dann konnst dir später mehr leistn und brauchst ned soviel orwatn.
*Enkelin:* Und wenn i an Super-Busn hob, dann konn i an reichen Mo heiratn und konnma später alles leistn und brauch überhaupt nix mehr orwatn.
*Oma:* Mei, bist du scho grissn mit deine fuchzehn Johrn! Des is mir direkt unheimlich! Und dass du scho an an neia Busn denkst, des find' i aa no a weng z'friah. Vor zwoa Johrn host no gor koan ghabt und jetza draamst scho von an neia. Bei mir waar des wos anders, weil da mei is scho gebraucht, owa du host ja eh an neia! Des is einfach no z'friah, glaub mir des!
*Enkelin:* Von wegen, Oma! D'Xenia vo meiner Klass', de hod scho zur Firmung a neie Nosn kriagt. Do wars erst zwölf!
*Oma:* Zur Firmung? Ja, sog amol! Zur Firmung sollma doch'n heiligen Geist empfangen und ned a neie Nosn!
*Enkelin:* Aso a Art heiligen Geist hods aa kriagt. Und zwar a Taube als Tatoo aaf da Schulter.
*Oma:* Omei, omei! Wer hätt' des glaubt, dassma amol soweit kemma, dass da heilige Geist mit da Nodl in d'Schulter einegstocha wird! Und der Papa vo dera Xenia, der hod soviel Geld, dass er do einfach a Nosn kaffa konn?
*Enkelin:* Klar hod der viel Geld! Ey Oma, der Mann hod a Model-Agentur!
*Oma:* Wos hoda?
*Enkelin:* Eine Model-Agentur! Der vermittelt Models für verschiedene Events! Foto-Sessions und so.
*Oma:* Omei, omei, Berta-Sophie, i kimm do nimmer mit. Woaß da Deifl, wos der Mo duat. I wills aa gor ned wissen.
*Enkelin:* Aaf jeden Fall hod er voll viel Geld. D'Xenia hod in da Wocha drei Stunden Reiten, vier Stunden Ballett und sechs Stunden Nachhilfe. Und des zohlt alles ihra Papa!
*Oma:* Und a Nosn!
*Enkelin:* Genau, und a Nosn! Ach, d'Xenia is echt voll cool! Wos de scho alles erlebt hod! Zum Beispiel scho an echtn Konkurs!

Und de hod scho drei Freind ghabt und is scho zwoamol durchgfolln. De is echt guat draff!
*Oma:* Zwoamol durchgfolln is scho? Nono, des is owa ned guat!
*Enkelin:* D'Xenia hod gsagt, des is scho guat. Weil sie möcht amol a Model werdn oder a Party-Schönheit und do is echt ned schlimm, wennma nix woaß. Weil a Model, des wos wos woaß, is ned cool.
*Oma:* Aso! Ja dann. Und du? Wos magst du amol werdn?
*Enkelin:* Eigentlich Talkshow-Moderatorin bei an Privatsender, weil de immer so geile Klamotten an ham. Owa da Papa sagt, für den Job glangt mei Dummheit ned.
*Oma:* Jamei, alles konnma ned hobn! Es gibt einfach Leit, de san bläder wia du. Des muaßt akzeptiern.
*Enkelin:* Des sagt da Papa aa immer, dass zuviel Bläde gibt aaf da Welt.
*Oma:* Und der muaß' wissn!

*Wir Bayern haben ja, bei aller Bescheidenheit, die uns ziert, auch ein gesundes Selbstbewusstsein. Es lässt sich mit dem ebenso kurzen wie prägnanten Satz „Mir san mir" sehr treffend beschreiben. Die gelegentliche Ergänzung dieses Satzes „und schreibma uns uns" deutet auch noch auf einen gewissen Humor und auf sprachliche Gewandtheit hin.*
*Trotz allem Stolz auf unsere schöne Heimat und auf uns selbst schadet es nichts, wenn man nicht immer nur im eigenen Saft schmort, sondern sich auch einmal Gedanken macht, wie man auf andere wirkt. Sehr ehrlich sind ja bekanntlich Kinder. Deshalb habe ich mir überlegt, wie ein nicht-bayerisches, quasi also ein preißisches Kind uns einschätzt, und zwar beim*

## Urlaub in Bayern

Letztes Jahr im Sommer waren wir in Urlaub in Bayern. Meine große Schwester Jessica, meine Eltern und unser Hund Burgsmüller. Ich war auch dabei, und ich heiße Torsten und bin sieben Jahre alt. Meine Eltern waren schon öfter in Bayern, aber für mich war es der erste Urlaub im Ausland, weil ich bisher nur in Bibione war. Bayern wäre eigentlich sehr schön, aber man sieht es kaum, weil überall Berge davorstehen und es verdecken. Sehr cool sind manche Häuser. Sie sind tätowiert, zum Beispiel mit einem Hirsch, einem Berg oder einem Baum. Aber weil die Bayern das Wort „Tatoo" noch nicht kennen, sagen sie „Lüftlmalerei" dazu.
Die Bayern sind lustige Menschen und lachen viel mehr wie die Leute bei uns zu Hause. Sie mögen uns sehr, denn wenn sie uns sehen, lachen sie noch mehr. Viele heißen Sepp, die meisten jedoch „Hä". Das lustigste in Bayern ist die Sprache. Manche können deutsch, aber nicht alle. Der Ort, wo wir in einer Pension gewohnt haben, war da, wo Bayern „Oberpfalz" heißt und da ist die Sprache echt krass. Als wir einmal gewandert sind,

sind wir an einem Bauernhof vorbeigekommen und davor saß ein alter Mann auf einer Bank, aß ein Stück Torte und trank dazu eine Flasche Bier. Mein Vater sagte zu ihm, dass schönes Wetter ist und der Mann meinte „Loumameirouh!" Das heißt wahrscheinlich „Guten Tag!" Ich wollte es gleich ausprobieren, ob ich die Sprache auch kann und sagte zu dem Mann „Loumameirouh". Er blickte aber sehr böse und sagte zu mir „Saubougejbloßzou!" Da sagten wir lieber nichts mehr und gingen weiter, weil wir ihn nicht reizen wollten. Der Mann stand dann auf und stöhnte und sagte: „Ohboudescheißschouh!" Das heißt wahrscheinlich „Tschüss" oder so.

Gut gefallen haben mir in Bayern auch die Feste. Irgendwo ist immer eines. Da sitzen dann die Bayern und trinken Bier aus gläsernen Eimern, die sie „Maß" nennen. Die Frauen haben kleinere Eimerchen, die heißen „Halbe". Normale Gläser gibt es nur für Kinder oder ganz alte Frauen. Wir sind auf einem Fest gewesen, und es war sehr schön. Ich habe Pommes mit Ketchup gegessen, meine Schwester Jessica nichts wegen der Kalorien und meine Mutter ein halbes Hähnchen namens „Hendl". Der Papa hat weiße Spiralen gegessen, die „Radi" hießen und dazu einen Eimer Bier. Er sagte, das Radi rumort ganz doll in seinem Bauch, und als er rülpste, fiel meiner Mutter beinahe das Hähnchen hinunter.

Wenn die Bayern einige Eimer Bier getrunken haben, schlafen sie ein oder sie reden in einer Geheimsprache, die man nicht versteht. Es sind nur sehr kurze Wörter, und mit diesen reizen sie sich gegenseitig, bis sie raufen. Auf dem Fest, bei dem wir waren, konnte man dies sehr schön beobachten. An unserem Nachbartisch im Bierzelt saßen einige Bayern mit ihren Eimern. Zuerst lachten sie und guckten zu uns herüber. Einer von ihnen konnte sogar italienisch, denn er sagte zu meiner großen Schwester immer „Dipackiaano!" Sie verstand ihn aber nicht, weil sie nicht italienisch spricht. Plötzlich kam ein anderer Bayer am Nachbartisch vorbei, und schon spielten sie das lustige

Spiel „Erst reden, dann raufen". Einer von denen, die am Tisch saßen, sagte zu dem, der vorbeiging: „Hä!" Darauf sagte der Vorbeigehende: „Wos hä?", worauf der andere ziemlich böse meinte: „Hä, gell, hä!" Das hätte er vermutlich nicht sagen sollen, denn der Vorbeigehende sagte nur mehr: „Pass bloß aaf, hä!", und schon rauften sie. Obwohl es ziemlich lustig war, gingen wir, denn meine Mutter mag keine Gewalt.

Etwas anderes ist mir auch noch aufgefallen in Bayern: Bayern reden nicht so gerne wie wir. Manche sind beinahe stumm. Dies kann man am besten im Wirtshaus sehen. Eines Abends ging mein Vater mit mir ins Dorfwirtshaus, und wir bestellten Bratwürste mit Kraut, die sehr lecker schmeckten. Es waren außer uns nur zwei Einheimische da. Diese saßen am Stammtisch, tranken Bier und schwiegen. Mein Vater sagte freundlich zu ihnen: „Die Bratwürste schmecken hervorragend, meine Herren!" Sie aber schwiegen weiter. Sie sagten zu meinem Vater nichts, zu mir nichts und zu sich auch nichts. Wenn sie nicht ab und zu vom Bier getrunken hätten, hätte man meinen können, sie seien tot. Plötzlich, nach ungefähr einer Stunde, tat sich etwas: Einer von den beiden seufzte „jamei", und wir dachten, jetzt beginnt ein Gespräch. Doch der andere sagte nur „owa ehrlich", und das war es dann.
Mein Vater machte noch einen Versuch und rief hinüber: „Es gefällt uns sehr gut hier bei Ihnen in Bayern! Wir waren auch schon auf dem Feuerwehrfest! Da gabs eine zünftige Rauferei! Haha! Waren Sie auch schon auf dem Fest, meine Herren?"
Da sagte ein Bayer zum anderen: „Eam schau o!" Dann war es wieder ruhig.
Dies war meinem Vater dann doch zu unheimlich, und wir zahlten und verließen den stillen Ort. Beim Hinausgehen sagte Papa noch zu den Männern: „Gute Nacht, die Herren! Ich wünsche noch einen schönen Abend!" Sie wünschten uns nichts.

Aber die Bayern sind nicht immer so mürrisch. Zum Beispiel sind sie richtig lustig, wenn sie sich gegenseitig beleidigen. Das gefällt ihnen scheinbar sehr. Als mein Vater und ich einmal in unserem Urlaubsort in der Dorfmetzgerei einkauften, kam ein Bayer herein und sagte zum Metzger: „Servus Hans, du olter Hunzkrippl!“ Da lachte der Metzger und sagte: „Habe d'Ehre Sepp, du Berner, du greislicher!“ Sepp, der Berner, freute sich sehr über diese nette Begrüßung. Als noch eine weiterer Bayer hereinkam, wurde die Stimmung immer besser. Er begrüßte die anderen beiden mit einem herzlichen „Ja, do schau her, da Sepp und da Hans! Griaß eich, ehs Schlawiner, ehs elendigen!“ Auch Hans, der Hunzkrippl und Sepp, der Berner, begrüßten den Neuankömmling und riefen: „Ja griaßde Franz, olter Suffbeidl, stinkerter!“

Franz Suffbeutel war total begeistert und lachte über das ganze Gesicht.

Dann sagte Sepp, der Berner, zu Hans, dem Metzger bzw. Hunzkrippl: „Hä Hans, gibma amol drei Boor vo deine greislichen Pfälzer, du Leitbscheißer, du windiger!“

Metzger Hans meinte dazu: „Für dein Saumogn taugns allaweil no, du gschwollkopferter Bauernfünfer, du staubiger! Bulldogmißhandler, grausamer!“

Es gibt scheinbar nichts Schöneres für einen Bayern als beleidigt zu werden, denn sowohl Hans, der Leutebescheißer als auch Sepp, der Berner und Bauernfünfer und Franz Suffbeutel waren in einer Super-Stimmung und lachten herzhaft.

Mein Vater sagte zu mir: „Pass auf Jochen, jetzt mache ich auch mit bei dem Spaß!“

Dann sagte er zum Metzger: „Geben Sie mir bitte hundert Gramm von ihrer verfaulten Salami, Sie Vollidiot!“

Plötzlich lachte keiner mehr und alle sahen meinen Vater an, sogar die alten Frauen, die im Laden waren.

Der Metzger sagte mit finsterem Geischt: „Schau bloß, dass du weidakimmst, du Preissnschädl, du fotzerter!“

Das habe ich zwar nicht genau verstanden, aber es hörte sich nicht gut an, und wir verließen ohne Wurst die Metzgerei. Wahrscheinlich ist „Vollidiot“ eine Beleidigung, die die Bayern nicht kennen, und deshalb freuen sie sich nicht darüber.

Sonst war es in Bayern sehr schön, besonders die Pommes und das Eis. Ich habe mich sehr gefreut, denn ich durfte abends immer mit vier Jungs aus dem Dorf Fußball spielen. Die bayerischen Jungs sind echt nett, sie ließen mich sogar den Ball holen, wenn er in den Nachbarsgarten geflogen war und sagten, das ist eine große Ehre für mich. Als ich den Ball wieder herausgeholt hatte, sagten sie, dass es nicht nur eine große Ehre, sondern auch ein großes Glück für mich ist, weil heute scheinbar der Kampfhund nicht zu Hause ist. Das ist doch voll lustig, oder?
Ich habe mir extra die Namen der Jungs notiert, damit ich ihnen nach dem Urlaub schreiben kann. Sie heißen Ülcgür, Ferdl, Erdal-Alois und Kilian.

So, das wars.
Ich freue mich schon auf den nächsten Urlaub in Bayern, weil Bayern ist voll cool.
Vorher kaufe ich mir noch ein Wörterbuch.

*Was mich immer wieder aufs Neue fasziniert, sind die überaus einfallsreichen Fragen mancher Sportreporter und die oftmals noch einfallsreicheren Antworten der befragten Sportler. Besonders nach Fußballspielen ist das intellektuelle Niveau mancher Gespräche kaum mehr auszuhalten.*

# Das Sportinterview

*Reporter:* Entschuldigen Sie, ein paar kurze Fragen für unsere Zuschauer!
*Spieler:* Klar!
*Reporter:* Sie haben das Spiel mit 2:0 gewonnen. Sind Sie mit diesem Ergebnis zufrieden?
*Spieler:* Äh, ah, ich würde sagen, sagen wir mal, wenn man bedenkt, dass wir, äh, wenn einer vorher gesagt hätte, also sind wir mal ehrlich, äh, das wäre doch, oder?
*Reporter:* Das sehe ich auch so. Sie bzw. Ihre Mannschaft haben ja noch vor der Halbzeit die 1:0-Führung erzielt. War das wichtig für das weitere Spiel?
*Spieler:* Was?
*Reporter:* Die Führung!
*Spieler:* Ja gut, wir haben noch vor der Halbzeit die Führung erzielt und zwar durch ein Tor. Ich glaube, also das ist meine Meinung, das war sehr wichtig für das Spiel insgesamt. Weil ich gehe davon aus, dass es weiterhin 0:0 gestanden hätte, wenn wir das Tor nicht erzielt hätten. Aber was ist schon normal.
*Reporter:* Eine interessante These!
*Spieler:* Es sei denn, der Gegner hätte ein Tor geschossen. Dann wäre es natürlich 1:0 für die anderen gestanden. Wohlgemerkt, das ist meine Meinung, rein substantiv!
*Reporter:* Sie meinen subjektiv.
*Spieler:* So weit möchte ich jetzt nicht gehen, weil ich das nicht beurteilen kann. Da müssten Sie den Trainer fragen.

*Reporter:* Ah ja! Kommen wir zu einem wesentlichen Thema: Mit diesem Sieg haben Sie ja einen großen Schritt in Richtung deutsche Meisterschaft getan. Sie haben jetzt sieben Punkte Vorsprung vor dem Tabellenzweiten. Ist das beruhigend?
*Spieler:* Wie jetzt?
*Reporter:* Wegen der Chance auf die Meisterschaft.
*Spieler:* Ja gut, ich glaube, mit diesem Sieg haben wir einen großen Schritt in Richtung deutsche Meisterschaft getan. Wir haben jetzt neun Punkte Vorsprung ...
*Reporter:* Sieben!
*Spieler:* Sieben? Ich dachte neun!
*Reporter:* Nein, es sind nur sieben.
*Spieler:* Ja okay, wir haben sieben Punkte Vorsprung vor dem Zweiten. Ich meine, das ist schon was.
*Reporter:* Ist es beruhigend?
*Spieler:* Was?
*Reporter:* Dass Sie sieben Punkte Vorsprung haben.
*Spieler:* Ach, was heißt beruhigend? Ich würde sagen, es beruhigt einfach, wenn man neun Punkte Vorsprung hat.
*Reporter:* Sieben Punkte!
*Spieler:* Beruhigt auch!
*Reporter:* Worauf führen Sie den heutigen Sieg zurück? War Ihre Mannschaft so stark oder war der Gegner so schwach?
*Spieler:* Ja okay, ich glaube, es ist einfach geil, wenn man gewinnt. Irgendwie.
*Reporter:* Kann ich nachvollziehen. Aber woran lag's?
*Spieler:* Gut, ich meine, es war knapper, als es aussieht. Okay, 2 : 0 ist immerhin 2 : 0. Aber, und das sollte uns zu denken geben, hätte der Gegener zwei oder drei Tore gemacht, dann hätte die Sache eventuell ganz anders ausgesehen. Da bin ich mir sicher.
*Reporter:* Wer weiß! Jetzt mal zu einem Thema, das immer wieder heikel ist: Wie beurteilen Sie die Leistung des Schiedsrichters?
*Spieler:* Wie bitte? Leistung? Das war keine Leistung, das war eine Katastrophe! Gut, insgesamt hat er nicht schlecht gepfiffen, so gesehen. Aber ich meine, wenn man ehrlich ist, so geht's

doch irgendwie auch nicht. Ich lass' mich doch nicht verscheißern!
*Reporter:* Inwiefern?
*Spieler:* In wie was?
*Reporter:* Wie meinen Sie das mit dem verscheißern?
*Spieler:* Foul ist für Foul und Abseits ist Abseits! Ich meine, wo kommen wir da hin, wenn einer so und der andere so. So geht's ja nicht, oder? Ich bin doch nicht der Depp der Nation!
*Reporter:* Eine deutliche Aussage! Sie selbst sind ja erst in der 88. Minute eingewechselt worden. Wie betrachten Sie das Spiel insgesamt?
*Spieler:* Ja gut, größtenteils von der Bank aus.
*Reporter:* Ah ja! Waren Sie deswegen enttäuscht?
*Spieler:* Wieso enttäuscht? Wir haben doch gewonnen!
*Reporter:* Nein, ich meine nicht vom Ergebnis her, sondern weil Sie erst so spät eingewechselt wurden. Oder sind Sie so diszipliniert, dass Sie sagen: „Der Trainer ist der Chef und er wird schon seine Gründe haben!"
*Spieler:* Ja okay, ich meine, ich bin ja erst in der 88. Minute eingewechselt worden. Ich persönlich sehe den Grund dafür in der Tatsache, dass ich nicht früher eingewechselt wurde. Gut, man könnte natürlich sagen „wie oder was?" oder so, aber da bin ich nicht der Typ dafür.
*Reporter:* Nicht?
*Spieler:* Keinesfalls. Ich meine, das wissen Sie genauso gut wie ich, es gibt heutzutage junge Spieler, die kommen daher und sagen rotzfrech „hallo" oder so. Was soll das? So gehts doch nicht!
*Reporter:* Aha!
*Spieler:* Aber echt! Ich sage immer: „Der Trainer ist der Chef, und wenn er mich erst in der 88. Minute einwechselt, dann wechselt er mich erst in der 88. Minute ein!" Okay, insgesamt war es natürlich totale Scheiße, aber er ist der Chef!
*Reporter:* Eine tolle Einstellung!
*Spieler:* Ja klar, manche geben mir Recht, andere stimmen mir zu, das kann man so und so sehen. Ich halte es da mit Sokrates, der einmal gesagt hat: „Ich weiß, dass ich nichts weiß!"

*Reporter:* Ich glaube, das war Plato.
*Spieler:* Ja gut, kann auch sein. Auf jeden Fall hat er bei Brasilien gespielt.
*Reporter:* Haha! Abschließend würde ich Sie noch um einen Tipp bitten: Werden Sie deutscher Meister oder nicht? Und wenn nicht, wer dann?
*Spieler:* Okay, ich sag mal so: Keiner fragt zum Schluss, wie man gewonnen hat, wenn man gewonnen hat. Der Scheck heiligt die Mittel, um es mal salopp zu formulieren.
*Reporter:* Klar. Aber wer wird deutscher Meister?
*Spieler:* Ich gehe mal davon aus, dass wir eine gute Chance haben, wenn wir nach dem letzten Spieltag vorne liegen. Gut, man soll den Tag nicht vor dem Abendessen loben, und man hat schon Pferde kotzen sehen, aber der Ball ist rund. Vor allem muss man bedenken, dass der Gegner auch nur mit Wasser kocht.
*Reporter:* Das schon. Aber manchmal ist der Gegner auch mit allen Wassern gewaschen. Haha!
*Spieler:* Äh, wie meinen Sie das jetzt? Geduscht wird natürlich in der Halbzeit nicht. Soweit ich weiß, gilt das auch für den Gegner. Also, so gesehen, äh ...
*Reporter:* Nein, lassen Sie nur, ist schon in Ordnung. Es war ja nur ein Gag.
*Spieler:* Ach so! Haha! Stark!
*Reporter:* Ich danke Ihnen für dieses Gespräch und wünsche Ihnen alles Gute. Und nochmals Gratulation! Sie haben heute ein tolles Spiel geliefert!
*Spieler:* Sie mich auch!

*Es gibt Menschen, die besitzen die unselige Gabe, immer zum falschen Zeitpunkt oder zum falschen Gesprächspartner das Falsche zu sagen. Sie treffen zielsicher das Gefäß, das man landläufig kennt unter der Bezeichnung*

# Fettnäpfchen

*Sepp:* Wos schausten so bläd, Rudi?
*Rudi:* Ach, vor zwoa Dog is mei Wei abghaut!
*Sepp:* Rudi, i sog dir oans: Sei froh, dassda's los bist! I wollts dir bisher ned sogn, owa woaßt, wos i mir scho oft denkt hob? Wia holts da Rudi bloß aus mit dera Schreckschraubn? Des hob i mir oft denkt. Hods ebba an neia Tschamsterer? Wundern daads mi ned, weil sie hod allaweil scho so lüstern gschaut!
*Rudi:* Naa, sie is aaf Kur wega da Bandscheibn. In vier Wochen kimmts wieder!
*Sepp:* Äh ... aso! Äh ... ja, do schau her! Jaja, de Bandscheibn! Dann is natürlich klar, dass sie ab und zu a wengerl grantig is, wenn ihr d'Bandscheibn weh duan. Dann is des wos anders. Und des lüsterne Schaun derfma dann aa ned so eng seng. Des war wahrscheinlich dann eher schmerzverzerrt und ned lüstern. Do hob i mi dann deischt, Rudi. Jaja, de Bandscheibn!
*Rudi:* Da Doktor sagt, noch de vier Wocha kannts dann wieder soweit fit sei.
*Sepp:* Rudi, do konnst du unsern Herrgott danka, dass de noch da Kur wieder fit is! Hauptsach', koa Operation! Weil a Operation hod'n Deifl gseng! Wenn amol a Wei in ihran Alter an da Bandscheibn operiert werdn miaßert, de konnst abschreibn! De riahrtse und reibtse nimmer!
*Rudi:* Da Doktor sagt, noch de vier Wochen waars dann so fit, dassma's operiern konn!
*Sepp:* A geh! Ja mei. Wia olt is jetza?
*Rudi:* 48!

*Sepp:* Aso, 48 erst. Ja, dann fahlt natürlich nix! I hob jetza gmoant, de waar scho über 50! Naa, mit 48 brauchst dir nix denka. Do is a Bandscheibnoperation a Klacks. Des packts scho.
*Rudi:* Hoffmas. Mei, miaßma holt abwarten. Du Sepp, i hob fei letzte Woch a neis Auto kafft!
*Sepp:* A geh! Wos nacha für oan?
*Rudi:* Aso an kloan Sportflitzer.
*Sepp:* Rudi, woaßt, wos i do sog: Hut ab! Oft hob i scho zu meiner Frau gsagt: „Hilde", hob i gsagt, „mir ghörma no lang ned zum alten Eisen! Aa automäßig! Kaffma uns an kloan Flitzer und lassmas uns guatgeh!" Konnstas frogn, mei Hilde! Des hob i scho oft gsagt. Woaßt, i kannt kotzn, wenne's allaweil seg aaf da Straß mit ehrane langweiligen Kombi. Typische lätscherte Rentnerautos. Unseroana is doch no in an Alter, woma no a flotts Auto fohrn konn, oder? Aso a Kombi braucht bloß no schworz sei, dann kinnans glei am Friedhof fohrn damit, de oltn Daderer! Als Leichenauto, verstehst? Hähähä!
*Rudi:* Den Sportflitzer hob i für d'Tochter kafft. I hobma an schworzn Kombi kafft.
*Sepp:* Ah, do schau her! Ja guat, es is natürlich scho wos sichers, des derfma ned vergessn. Aso a solider Kombi, der hod doch a gwisse Knautschzone, wenn's amol scheppert. Dagegen is aso a Sporthupferl scho wos gfährlichs. Des wickelts um an Baam ume wia nix und dann konnst de, de wos drinhockand, vergessn. Naa, do host du recht ghod und hosta an Kombi kafft.
*Rudi:* Ja, um Gottes Willn! Do kriag i ja direkt Angst um mei Tochter!
*Sepp:* Naa, Rudi, dua di ned owe! Es konn ja aa amol guatgeh'! Und Frauen fohrn ja sowieso defensiver. Dua di ned owe, des haut scho! Du, apropos: Hod jetza dei Tochter den italienischen Freind no?
*Rudi:* Naa, den hods nimmer. Do hods a mords a Gfetz gebn, weilsna in flagranti mit ihrana bestn Freindin dawischt hod. Sie wor nervlich dodal am Ende!
*Sepp:* Rudi, des Deandl soll froh sei, dassna los is! De Südländer taugn nix. Aaf de is kein Verlass! Des is bei denen im Bluat drin,

de kinnan im Prinzip überhaupt nix dafür. Aso a Deandl wia eier Jacqueline konnse mit so an Vogel ihra ganz Lebn ruiniern. De soll de Südländer vergessn und sollse um an vernünftigen Burschen aus unserm Gei schaun! Mir wennst ned gangst mit dem Süd-Gschwerl!

*Rudi:* Sie is jetza mit an Spanier verlobt!

*Sepp:* Wos'd ned sagst! An Spanier! Ja guat, do hods no a Glück ghabt. Weil Spanien, des is ja ned direkt im Süden, sondern mehr im Südwesten. So gseng san ja de Spanier koi Südländer, sondern mehr Südwestländer. De san scho solider. Und se san ja aa scho deutlich beeinflusst vo de vielen deitschn Urlauber. Also, i glaub, dass des im Prinzip scho vernünftige Menschen san.

*Rudi:* Aaf mi mochta koan schlechtn Eindruck, da Jorge.

*Sepp:* Rudi, do gratulier i dir! Muaßt di holt a weng kümmern um eam. Du host doch Kontakte. Schaust holt, dass'd eam bei da Müllabfuhr unterbringst. Des is wos krisenfests und für an Spanier a Riesensach'! Und besser zohlt als mancher glaubt!

*Rudi:* Er hod a Computerfirma mit 15 Angestellte!

*Sepp:* Öha! Wos hob i gsagt – des kenntma einfach, dass Spanien scho mehr Südwesten is. De san scho viel ehrgeiziger wia de im direktn Süden. Gratuliere zu dera Partie! Glauben möchstas nicht! Und du? Wia geht's dir allaweil?

*Rudi:* Mei, geht scho soweit. Es is holt haushaltsmäßig a weng schwierig, solang mei Frau aaf Kur is. Owa i hob für de Zeit a tschechisches Zimmermädchen engagiert. De geht mir a weng zur Hand im Haushalt. Woaßt scho: Putzn, kocha, woschn und so. Woaßt ja, wias is.

*Sepp:* I woaß scho, wias is, du olter Schlawiner! Eam schau o! A tschechisches Zimmermädchen! De wird dir scho ab und zu zur Hand geh'! Hähähä! Woaßt wos, do kimm i amol aaf d'Nacht vorbei aaf a Holwe, wenn's grod do is. Bloß zum schaun. I sog allaweil: Den Appetit konnmase auswärts holn, gessn wird dahoam! Is a recht a schoafe?

*Rudi:* Sie kimmt heit abend's erstemol vorbei. Kimm holt aa, dann konnsta's oschaun!

*Sepp:* Rudi, i nimm di beim Wort. I kimm heit vorbei. Eiskolt! Derf de dann bei dir über Nacht bleibn oder ham do ihrane Eltern wos dagegn?
*Rudi:* Des glaub i ned, dass de wos dagegn ham. Sie is immerhin scho 74 …
*Sepp:* Wos? Ah, grod folltsma ei: I muaß ja heit aaf d'Nacht aaf d'Feierwehrversammlung. Ganz wichtig! Duat mir leid, des is unaufschiebbar!
*Rudi:* Schod! De hätt' dir bestimmt gfolln. Wia gsagt, sie is immerhin 74 geborn.
*Sepp:* Aso, geboren! Ah, wos is heit?
*Rudi:* Mittwoch!
*Sepp:* Ach Mittwoch! I hob gmoant, Donnerstag. Dann konn i scho kemma, weil dann is de Feierwehrversammlung erst morgn. Also, bis später!
*Rudi:* Servus derweil!

# Und noch mehr Gschichten von Toni Lauerer …

Treffsicher und so, „wia holt d'Leit redn",
lässt Toni Lauerer den Alltag in seinen Stücken vorbeiziehen.

**I glaub, i spinn**

Neue und alte Gschichten

ISBN 3-931904-43-1

BUCHVERLAG

## … und weiter gehts mit Gschichten von Toni Lauerer …

Witzig ist er, bissig, auch hinterkünftig,
behält das Herz aber immer auf dem rechten Fleck.

**Wos gibt's Neis?**
Geschichten aus dem verzwickten Alltag
ISBN 3-931904-77-6